Les tartines sont meilleures quand on les partage à deux

EMILY BLAINE

LES TARTINES SONT MEILLEURES QUAND ON LES PARTAGE À DEUX

ROMAN

HARPERCOLLINS FRANCE
83-85, boulevard Vincent-Auriol, 75646 PARIS CEDEX 13.

www.harlequin.fr

ISBN 978-2-2804-7119-0 — ISSN 2271-0256

Chapitre 1

— Café ?

Rose m'adressa un sourire chaleureux avant de nouer ses mains devant elle, attendant patiemment ma réponse. Depuis mon arrivée à Paris, l'assistante de Liliana avait pris soin que je ne manque de rien ; elle m'avait accueilli à l'aéroport, m'avait conduit à mon appartement, s'était assurée qu'il me plaisait et m'avait donné ses meilleures adresses de restaurants dans le quartier.

— La machine à expresso a été réparée, me rassura-t-elle.

Elle se mordilla furtivement la lèvre inférieure et une brève rougeur couvrit ses joues ; elle ne devait pas avoir plus de vingt-deux ans. Séduisante, serviable et drôle, elle affichait une attitude faussement ingénue, amplifiée par sa jupe plissée et son col claudine. Je sentais qu'elle n'avait rien d'une fille innocente, et elle aurait plu à n'importe quel homme doté d'une bonne vue et d'un cœur disponible.

J'avais une bonne vue.

— Pendant une seconde, j'ai cru que vous m'invitiez à boire un verre, plaisantai-je.

— Oh. Eh bien, ça peut s'arranger.

Son sourire s'élargit, et elle leva un sourcil. De toute évidence, elle tentait de me séduire. Je secouai la tête ; elle était touchante et adorable. Notre différence d'âge n'était pas si grande – sûrement à peine dix ans – mais j'avais la sensation qu'une vie entière nous séparait.

— Est-ce que Liliana approuverait ? demandai-je.

— Vous savez ce qu'on dit : ce qu'elle ne sait pas ne peut pas lui faire de mal.

Un rire m'échappa. Rose était jolie, c'était incontestable. Cependant, quand je la regardais, je ne voyais qu'un visage parfaitement lisse et des yeux aussi bleus que l'océan. Aucune aspérité, aucun secret, aucun mystère. Elle n'était que lumière éblouissante quand je cherchais l'ombre d'une imperfection qui l'aurait rendue réelle et plus que jolie.

La plupart des gens appelaient ça le charme ; pour ma part, j'avais tendance à croire qu'il s'agissait plutôt d'une question d'harmonie et d'équilibre. Une cicatrice sur une joue, un sourire un peu tordu, un regard oscillant entre le bleu et le gris : toutes ces imperfections me fascinaient car je savais que derrière chacune d'elles, il y avait une histoire à découvrir.

Rose, elle, avançait sans fard ni secrets. Et probablement sans histoire.

— Je vais me contenter d'un café de votre machine, répondis-je finalement.

Elle hocha la tête, masquant mal sa déception, et tourna les talons pour préparer la boisson chaude. Désormais seul, j'avais l'impression que les hauts murs gris de la galerie me défiaient. Chaque exposition était un pari, mais celle-ci relevait plus du duel. J'affrontais cet immense espace silencieux, souhaitant en faire jaillir de la chaleur, espérant que les histoires que j'avais à raconter étaient plus intéressantes que toutes celles qui avaient déjà hanté ces lieux.

J'en doutais.

— Le grand artiste réfléchit ?

La voix de Liliana, rauque et mâtinée d'accent italien, me sortit de mes pensées. Elle s'installa près de moi, sur le large canapé en cuir blanc que j'occupais depuis dix bonnes minutes. Comme à son habitude, elle avait les cheveux attachés en une queue-de-cheval parfaite et arborait cette attitude confiante qui rendait impossible toute tentative de lui refuser quelque chose. Elle déposa un dossier sur la table basse devant nous, avant d'embrasser du regard l'unique et dernier mur encore vide de la galerie.

Ce mur était mon plus grand défi, une zone dont le vide, éclairé de spots puissants, me rappelait qu'il était prêt à accueillir d'ultimes clichés. Si jamais je parvenais à faire un choix…

— Ça paraît toujours plus grand quand c'est vide, reprit-elle en croisant ses jambes habillées de cuir.

— Et terrifiant quand c'est plein ?

— Vivant. Ça paraît vivant. Tu t'inquiètes ?

— Si j'ai choisi la photo, c'est justement pour me cacher derrière un appareil.

— Et pour prendre de belles photos. J'ai vu tes derniers clichés, c'est… c'est magistral, Tristan. Magistral. Tu devrais être fier.

Rose nous interrompit pour poser une tasse de café sur la table basse en verre devant nous. L'assistante de Liliana m'adressa un sourire, et sans me tourner vers cette dernière, je savais qu'elle levait les yeux au ciel.

— Elle voulait juste être prévenante, dis-je pour défendre Rose.

— Prévenante ? Tristan, je suis certaine qu'elle a écrit ton prénom dans son journal intime, avant de l'entourer d'un cœur rouge vif.

— Je ne l'ai pas encouragée !

— Je sais. Tu n'encourages jamais les filles, ce qui

te rend encore plus mystérieux, et donc attirant. Tu joues contre ton camp, en fait.

— Donc, je devrais… les encourager ? demandai-je en souriant.

— Tu devrais sortir avec.

— Y compris Rose ?

— Sauf Rose. Parce qu'elle finira le cœur en miettes et que j'ai besoin d'une assistante opérationnelle pour que cette galerie reste debout.

— Ta galerie passe avant ma vie amoureuse ?

— Ma galerie passe avant tout. Et ta « vie amoureuse » ? Tristan, pèse tes mots, il n'y a aucune vie là-dedans. Juste des fantômes qui te hantent.

Si, à notre rencontre, c'était notre passion commune pour la photo qui nous avait rapprochés, elle était peu à peu devenue une amie. Elle ne m'avait jamais posé de questions sur ma vie sentimentale, et je ne m'étais jamais épanché. Liliana avait de l'instinct et quinze ans de plus que moi, je n'avais pas eu besoin de lui raconter mon histoire pour qu'elle comprenne ce qui me retenait.

— Ce ne sont pas des fantômes, murmurai-je.

— Des souvenirs, des regrets… Peu importe, puisque les conséquences sont les mêmes. Tu n'as pas le droit d'être nostalgique.

— Parce que… ?

— Parce que tu es bien trop jeune pour ça. Trente ans, c'est ça ?

— Vingt-neuf le mois prochain.

— La nostalgie, c'est pour les mecs qui dépérissent. Ou pour ceux qui voient la mort en face. Tu n'entres dans aucune de ces catégories.

— Peut-être que j'ai envie d'être nostalgique et seul ? répliquai-je dans un sourire.

— Les poètes maudits sont morts avec l'avènement du XXe siècle, alors soit tu te mets à l'absinthe pour entrer définitivement dans ton personnage, soit tu acceptes un dîner avec une fille adorable que j'ai rencontrée la semaine dernière.

Je manquai de m'étouffer avec ma gorgée de café. Liliana esquissa un bref sourire, savourant sa victoire de stratège. C'était un coup bas que je n'avais pas vu venir. Je me passai le pouce sur les lèvres et reposai ma tasse sur la table. À l'instant où j'ouvris la bouche, Liliana m'interrompit :

— Aucune excuse. Vraiment. Elle est gentille, drôle, brillante et, surtout, disponible. Elle vient d'arriver ici et elle serait ravie de se faire des amis.

— Ce que tu me proposes est un guet-apens, et non de l'amitié.

— Donc, tu acceptes ?

— Liliana…

— Oublie le dîner. Au moins un verre ? Oh ! je pourrais l'inviter pour le vernissage ? Comme ça, tu la vois et, si elle ne te plaît pas, tu as tout un tas d'alibis à disposition !

— C'est ta galerie, tu sais. Tu invites qui tu veux.

Liliana fit une petite moue lasse. Cela faisait des années qu'elle tentait de m'extirper de ma solitude. En vain. Pour moi, ce n'était ni une planque, ni un faux-fuyant, je refusais simplement de faire croire à une femme qu'elle avait une chance. Ça n'aurait pas été juste pour elle et c'était cruel pour moi.

— C'est mieux que rien, soupira-t-elle. J'ai l'impression d'extraire un ermite de sa grotte…

— Je ne suis pas un ermite ! J'ai des amis, je sors, je rejoins Liam à la salle de sport quand je suis dans le coin, je dîne rarement seul… Je suis juste célibataire, et tout le monde agit comme s'il s'agissait d'une maladie honteuse à soigner à tout prix.

Liliana étouffa un rire, avant de s'enfoncer sur le canapé pour mieux me dévisager. Si elle savait que j'avais mes secrets, elle ne se doutait sûrement pas de l'ampleur du premier d'entre eux.

— Tu as fait vœu de célibat ? m'interrogea-t-elle.

— Non, bien sûr que non.

— Donc, tu déambules comme ça, dans les rues, avec ta silhouette musclée, tes chemises blanches impeccables, tes jeans noirs élimés et ta mâchoire affûtée, sans aucune conscience de ton sex-appeal ? C'est un véritable gâchis !

Nous échangeâmes un sourire. Derrière ses provocations et son rentre-dedans, je savais que Liliana ne voulait que mon bien. Contrairement à ce qu'elle pensait, je n'avais rien d'un artiste maudit ou d'un solitaire. J'étais seulement... convalescent.

Je décidai d'éluder sa question :

— Si on parlait plutôt de ta vie amoureuse ?

— Mythes et légendes, répondit-elle, énigmatique.

Il y eut un bref silence pendant lequel son regard se voila de tristesse. Pour une raison qui m'échappait, et bien que nous soyons amis, Liliana et moi gardions pour nous nos blessures. Si je protégeais mon histoire, Liliana, elle, refusait l'idée qu'on la plaigne. Elle était bien trop fière et digne pour étaler ses souffrances.

— J'aimerais bien te prendre en photo.

— Tu me connais par cœur, objecta-t-elle. Tu gâcherais du papier.

— Peut-être. Mais je vois les nuances dans ton regard et je suis curieux de l'histoire.

— Parce que tu penses qu'il n'y en a qu'une ?

— Laisse-moi prendre mon appareil.

— Faisons un *deal* : je te laisse me prendre en photo si tu acceptes que je te présente cette fille. Un verre, plaida-t-elle, les mains jointes.

Je soupirai, abdiquant face au sourire démoniaque de Liliana. Elle se frotta les mains de satisfaction – à croire qu'elle avait conclu le contrat de l'année – avant d'ouvrir le dossier devant elle et de proposer :

— On s'y met ? Je te rappelle qu'on a une expo à finaliser.

Après deux heures de travail acharné, Liliana et moi étions tombés d'accord sur la majorité des photos à exposer ; seule la dernière série, qui devait alimenter la partie finale de l'exposition, était encore en négociation.

— Aucune histoire à raconter avec celles-ci ? avait-elle demandé.

— Si. Évidemment. Mais, pour l'instant, je crois que j'ai envie de les garder pour moi.

J'avais longuement regardé les clichés, me souvenant de chaque détail, du parfum qui flottait dans l'air aux sons qui nous cernaient, en passant par les couleurs du ciel.

La plupart des gens prenaient des photos pour garder des souvenirs, pour les aider à se rappeler un événement drôle ou heureux. Dans mon cas, les photos ne servaient qu'à capturer du temps ou une émotion. Malgré tout, les souvenirs restaient, avec ou sans les clichés. Chaque histoire qu'on me racontait, chaque secret qu'on me confiait, chaque aveu qu'on me faisait s'imprimait durablement dans mon esprit.

Je relevai le col de ma veste, sentant quelques gouttes de pluie tomber dans ma nuque. Un bref coup d'œil vers le ciel me fit grimacer : de toute évidence, le temps clair de ce matin allait laisser place à de lourds nuages gris. Je pressai le pas mais, déjà, les quelques gouttes se transformaient en pluie fine et glaciale. Secouant la tête, je décidai de me replier dans un café. Je m'installai sur une des banquettes en skaï noir, légèrement craquelé avant de passer une main dans ma chevelure humide. Je tournai la tête vers la fenêtre, observant la buée se former peu à peu sur la vitre. À l'extérieur, les passants couraient, tentant d'échapper à la pluie, abrités par leurs sacs ou des parapluies cabossés.

— Bonjour, je vous sers quelque chose ?

Je pivotai vers la serveuse, découvrant une jeune femme pâle et aux grands yeux clairs. Elle ne devait certainement pas avoir plus de vingt ans et semblait porter sur ses épaules un poids bien plus lourd qu'elle.

— Euh, juste un café. Un grand café, me corrigeai-je en réprimant un bâillement.

— Quelque chose à manger ? On a des pancakes, des gaufres...

— Une gaufre, ça sera parfait, merci. Avec juste un peu de sucre.

Je lui offris un maigre sourire, et elle tourna les talons pour transmettre ma commande. Je la suivis des yeux et trouvai alors un regard familier. Hélène.

— J'avais un doute, me dit-elle en souriant. Mais c'est vraiment toi ?

Je me levai d'un bond de la banquette et la pris dans mes bras. Elle avait toujours le même parfum de vanille épicée et ce rire spontané et communicatif qui aurait pu contaminer une armée entière.

Elle m'étreignit en retour, et cela suffit à me rendre énergie et bonne humeur.

— C'est vraiment moi, répondis-je dans un murmure.

Nous nous écartâmes, arborant tous les deux un large sourire. Plonger mon regard dans celui d'Hélène, c'était m'offrir un aller simple vers le passé, avec son lot de souvenirs doux-amers et d'anecdotes improbables. Sous le choc de notre rencontre impromptue, nous restâmes silencieux, nous scrutant l'un l'autre.

Après la mort de son mari, mon cousin Bastien, deux ans auparavant, j'avais promis d'être plus présent. Je regrettais de ne pas avoir été encore plus assidu dans nos appels et nos conversations.

Dès notre première rencontre, j'avais adoré Hélène, pour son énergie et son enthousiasme permanent. Nous étions devenus amis et très complices. Loin de nous séparer, la mort de Bastien avait renforcé ce lien. J'étais admiratif de sa résilience et de sa force de caractère : Hélène avait tenu, sans jamais s'effondrer.

— C'est nouveau cette barbe ? m'interrogea-t-elle.

— Depuis presque trois mois, oui.

— Si tu me rappelais après tous mes messages, j'imagine que je le saurais… Ça te va bien.

— Tu es superbe, la complimentai-je. Comment fais-tu pour être toujours aussi belle ?

— Un budget conséquent en maquillage, et la pluie a tendance à faire boucler mes cheveux.

— Tu as le temps pour un café ? Il faut absolument que tu me racontes ce que tu fais ici !

Elle jeta un coup d'œil à sa montre et opina. Puis elle retira son trench, le posa sur la banquette et s'y installa. Je m'assis face à elle, encore stupéfait de la voir. Hélène avait toujours eu cette capacité rare à rendre les gens heureux. C'était inné : une pression de la main sur une épaule, un regard appuyé, un sourire chaleureux. Hélène était lumineuse et, invariablement, elle attirait les gens autour d'elle.

— Tu me connais depuis plus de huit ans, et on s'est vus il y a quelques semaines, j'ai tellement changé ? demanda-t-elle alors que je la détaillais du regard.

— Je sais. Je suis juste… surpris. Tu es sûrement la dernière personne que je m'attendais à voir ici.

— Je suis là pour le travail : un de mes clients cherche un lieu pour ouvrir un restaurant.

— Je ne savais pas que tu étais si… connue ! Je croyais que tu refusais de travailler en région parisienne ?

— C'est une première. J'avais besoin d'élargir mon horizon. Et toi ?

— Oh ! la rétrospective dont je t'avais parlée. Le vernissage est demain. Tu viens, j'espère ? Je me sentirais moins seul et… traqué.

— Traqué ?

— Liliana a invité la presse. Je ne suis pas contre un peu de soutien amical et sincère !

La serveuse qui avait pris ma commande surgit à notre table et déposa mon café et ma gaufre. Hélène esquissa un sourire complice devant mon assiette. Je ne culpabilisais plus depuis plusieurs années à ce sujet ; à croire que ma jauge était finalement arrivée à épuisement.

— Quelque part dans le monde, il est l'heure du petit déjeuner ? s'amusa Hélène.

— Exactement.

— Tu as besoin de réconfort ?

— Je ne cherche aucune excuse. J'aime le petit déjeuner, je ne vois pas pourquoi on devrait le limiter au matin. C'est cruel et inutile, affirmai-je, déterminé.

— J'avais oublié ton tempérament d'activiste. Je prendrai la même chose avec un peu de sauce au chocolat sur la gaufre, indiqua-t-elle à la serveuse.

Cette dernière s'éclipsa, et j'échangeai un sourire avec Hélène.

— J'avais oublié ton addiction au chocolat.

— On a tous des vices, répondit-elle en haussant les épaules.

C'était confortable de retrouver si vite notre complicité et notre amitié. Si confortable que des milliers de questions se bousculaient dans ma tête et que je ne savais pas par laquelle commencer.

— Je trouve ça rassurant, dit-elle finalement, tu

n'as pas beaucoup changé. Vieillir t'a même fait du bien on dirait.

— Du bien ?

— Des épaules plus larges, une mâchoire carrée… Tu n'as plus ce visage poupon qui te donnait l'air inoffensif.

— Je suis inoffensif !

— Tristan, je suis désolée de te l'apprendre, mais ça ne t'empêche pas d'être l'homme le plus attirant de ce restaurant. Tu n'as pas vu la serveuse te sourire stupidement, et je suis certaine que tu n'as pas fait plus attention à la table d'ados sur ta gauche ? Elles ne font que glousser depuis au moins dix minutes.

Je jetai un coup d'œil vers la table en question, provoquant une nouvelle salve de rires. Face à moi, Hélène en laissa échapper un à son tour. Je levai les yeux au ciel et me planquai dans mon mug de café.

— Encore un truc qui ne change pas : tu portes des œillères, dit-elle, amusée.

— Ce n'est pas vrai.

— Vraiment ? Donc tu vas enfin m'annoncer que tu as quelqu'un ? Une copine ? Une fiancée ? Une femme ? Un coup d'un soir ?

En moins d'une journée, on venait de me faire deux fois la même remarque. Et si j'appelais ma mère avant la nuit, j'aurais certainement droit aux mêmes questions et recommandations. L'atmosphère liée à la prochaine Saint-Valentin ne devait pas être étrangère à cet état d'esprit.

— Je dois rayer la mention inutile ?

— Donc, tu n'as personne. Je ne devrais même pas être surprise !

— Je n'avais pas compris qu'être en couple était obligatoire. Tu vas bien t'entendre avec Liliana, lui assurai-je en pointant ma fourchette dans sa direction.

— L'union fait la force ! On pourrait…

— Non.

Hélène pencha la tête, comme si elle voulait m'attendrir. Je secouai la mienne, définitif. Je n'avais pas besoin d'aide ou de soutien. Si Liliana ne connaissait pas mon histoire, Hélène, elle, était au fait de certains détails. Elle avait été, tour à tour, témoin et confidente. Surtout, elle avait toujours été présente.

La serveuse réapparut pour déposer la commande d'Hélène devant elle. Cette fois, le petit sourire que la jeune femme m'adressa ne m'échappa pas ; j'y répondis mécaniquement, flatté.

— Bel effort ! À poursuivre, commenta Hélène.

À nouveau, je relevai les yeux vers elle. Hélène m'encourageait sûrement parce qu'elle s'inquiétait. Elle coupa un morceau de sa gaufre et le recouvrit consciencieusement de sauce au chocolat. Sa concentration me tira un sourire et l'entendre soupirer de gourmandise me fit rire.

— Je sais très bien que tu ne prendras aucune initiative avec elle. Comme avec toutes les autres, dit-elle en essuyant délicatement ses lèvres. Laisse-moi croire que tu vas agir comme un type normal.

— Et comment agit un type normal ?

— Il oublie, Tristan. Il fait table rase, il rencontre d'autres filles, il prend un petit déjeuner uniquement au petit déjeuner.

— Franchement, ça a l'air chiant comme mode de vie, la normalité, répondis-je avant de prendre une gorgée de mon café.

— Tu ne veux pas de normalité ?

— Personne n'en veut. Surtout pas moi.

Hélène haussa les épaules, avant d'engloutir un nouveau morceau de sa gaufre. C'était grâce à elle, à Emma, que j'avais compris que je voulais plus que la normalité. Je voulais des nuits extravagantes, des journée inattendues, des rires suivis de larmes l'instant suivant, des baisers volés, des évasions de dîners soporifiques, des crêpes au milieu de la nuit et des disparitions matinales.

Emma m'avait appris à vivre intensément, comme si ma vie était une course permanente, cadencée à un rythme fou que je devais poursuivre à tout prix. Elle, je l'aurais suivie, coûte que coûte. Je tournai mon visage vers la vitre du restaurant, désormais complètement embuée. J'avais passé une partie de la journée à lutter contre mes souvenirs avec elle.

Les photos, les histoires. Hélène. Même cette gaufre. Tout me ramenait à elle.

Quand je reportai mon attention sur Hélène, elle vérifiait l'heure à sa montre.

— Pressée ?

— Non. Je suis en avance pour mon cours de salsa.

1
13 février 2010
2
31 décembre 2010
3
Le jour où elle m'a embrassé
4 février 2012
4
20 août 2012
5
13 août 2014
6
10 janvier 2015
7
2 février 2016
8
2018

Le jour où elle m'a embrassé
4 février 2012

— Quand seront disponibles les photos ?

Je réglai le zoom de mon objectif, me concentrant sur le visage serein du nouveau-né dans les bras de sa mère. Puis je pris une salve de clichés, focalisé cette fois sur le regard bienveillant de la maman. C'était ma troisième semaine en tant que photographe de la maternité, et je parvenais à vendre mes premières photos. Évidemment, c'était loin de ce dont je rêvais, mais c'était un début, et cela me permettait de vivre décemment sans avoir à prendre en plus un job alimentaire.

— Je peux vous les transmettre d'ici la fin de semaine, expliquai-je en changeant d'angle.

La jeune maman passa son pouce sur la joue de son bébé, son regard doux aimanté par les réactions de son fils. Je collai mon œil contre le viseur et pris de nouveaux clichés. Elle le couvait des yeux, comme si elle craignait qu'il disparaisse.

— Comment s'appelle-t-il ?

— Samuel. Comme son grand-père.

Je repoussai l'appareil-photo et les observai quelques secondes. J'avais eu l'occasion de côtoyer un certain nombre de mères et de bébés. Invariablement, j'avais droit à des effusions de joie, des gestes d'amour, des rires. Le papa rôdait autour, participant parfois aux photos, aidant la maman ou prenant maladroitement le bébé dans ses bras quand il commençait à pleurer.

Ici, avec cette femme, il y avait autre chose ; un lien fort et puissant était en train de se nouer sous mes yeux. La joie était présente, l'amour inconditionnel aussi, mais il persistait l'ombre d'un souvenir malheureux qui rendait cette naissance encore plus précieuse.

— Son père est mort, murmura-t-elle, émue. Il n'y a que nous.

Elle ancra ses yeux embués dans les miens, avant de plaquer un sourire sur ses lèvres. Pour autant, elle ne se forçait pas à être heureuse, elle faisait juste en sorte de contenir sa tristesse.

— On va essayer autre chose, lui proposai-je. Gardez Samuel dans vos bras et placez-le devant vous, sa tête dans le creux de vos mains.

— Comme ça ? demanda-t-elle en ajustant sa position.

Je rectifiai le placement de ses doigts, m'assurant que le visage du poupon était encore bien visible. Puis je me postai sur sa droite, ajustant mon cadrage. Le profil de la mère planait au-dessus de celui du bébé, évoquant une bonne fée s'assurant du destin heureux de son protégé.

— C'est parfait.

Je pressai le déclencheur, me surprenant à sourire devant cette scène émouvante. La chambre était silencieuse et sereine, me donnant la certitude que, pour eux, tout irait bien. Je me promis de traiter les photos le soir même.

— Je vous transmets les photos dès demain, lui assurai-je en rangeant mon appareil.

— D'accord. Merci beaucoup.

Elle m'adressa un ultime sourire en guise d'au revoir, avant de reporter son attention sur le visage de son fils. Je m'éclipsai de la chambre, épaté par la résilience qu'elle m'avait laissé entrevoir. Depuis que j'exerçais dans cette maternité, c'était la première fois qu'une naissance me touchait autant.

Après avoir vérifié l'heure, je descendis à l'étage des urgences, espérant croiser ma mère avant de rentrer chez moi. À peine étais-je sorti de l'ascenseur que deux infirmières s'adressèrent à moi avec un large sourire :

— Joyeux anniversaire, Tristan !

— Euh, merci, bégayai-je, un peu surpris.

— Ta mère t'a dénoncé, expliqua l'une d'elles. Tu es sa grande fierté, tu sais.

— Apparemment, grommelai-je en marchant à grandes enjambées vers l'accueil.

Sur le chemin, je ne croisai que sourires entendus et regards complices. Je secouai la tête, vaguement embarrassé. Dès mon plus jeune âge, ma mère avait vanté mes incroyables – et tout à fait exagérés – mérites. Elle montrait des photos, racontait des anecdotes – généralement celles que je voulais oublier – et serinait au monde entier que j'étais le futur grand artiste de demain.

Elle m'aimait. Donc je pardonnais ses excès. C'est ce qu'on fait quand on est aimé à ce point, on pardonne.

Remontant le couloir, je furetai dans les salles d'examens, à la recherche de sa silhouette familière. Je me figeai net en entendant un rire joyeux et franc. Ce son, je l'aurais reconnu entre mille, parce qu'il était unique, positif et toujours spontané. À l'image de sa propriétaire. Elle devait sûrement pencher la tête en arrière, hilare, ses longs cheveux cascadant dans son dos, tout en frappant des mains, comme pour se féliciter de sa bonne humeur. Pendant un instant, je m'inquiétais d'une éventuelle hallucination. Mais, à nouveau, cet éclat de rire résonna dans les couloirs et me tira un sourire immédiat. Ce rire, j'en étais tombé amoureux instantanément. Sans attendre, je me dirigeai vers la dernière salle – réservée à l'orthopédie – et découvris ma mère.

Et Emma. La fille qui me hantait depuis presque deux ans.

La fille que j'avais embrassée un an plus tôt, et qui s'était ensuite évaporée sans donner de nouvelles.

La fille que j'avais vue seulement deux fois et qui me faisait ignorer toutes les autres femmes. C'était fou et irrésistible ; un coup de foudre s'explique parfois, mais ce qui me reliait à elle, mes sentiments indéboulonnables pour cette quasi-inconnue, confinaient à l'aliénation.

Ou à la bêtise, si j'écoutais certains de mes proches.

Je ne pouvais pas les blâmer de ne pas comprendre, je peinais moi-même à me l'expliquer. Emma avait une place à part dans ma vie, dans mon âme, dans mon cœur et probablement dans chaque cellule de mon corps. J'en avais déduit que l'amour fou ne se justifiait pas et que mes certitudes me suffisaient.

— Chéri ! s'exclama ma mère. Justement, on parlait de toi.

Je gardai les yeux fixés sur Emma qui était assise sur la table d'examen. Son regard noisette pétillait, sa longue chevelure brune était remontée dans un chignon approximatif maintenu par une baguette chinoise et un large sourire barrait son visage. Un pull trop large en laine masquait ses mains et un legging gris couvrait ses jambes que je savais musclées. Même au milieu d'une salle d'examen blanche, stérile et éclairée d'un néon vacillant, je la trouvais magnifique.

— C'est votre fils ? demanda-t-elle à ma mère.

— Et la star de la journée ! C'est son anniversaire, s'extasia cette dernière.

— Je venais juste te saluer avant de rentrer, dis-je, pour tenter de couper court à l'enthousiasme maternel.

Je peinais à décrocher mon regard d'Emma. C'était irréaliste de la retrouver ici, par hasard, avec ma mère, quand, pendant des mois, j'avais arpenté la fac de médecine pour tenter de l'apercevoir.

— Je vais vérifier où en sont vos radios et je reviens vous voir. Tristan peut vous tenir compagnie.

— Je n'en doute pas, dit Emma en souriant.

Ma mère s'éclipsa, nous laissant seuls dans la salle. Le silence s'imposa aussitôt ; je craignais qu'elle disparaisse à nouveau si je posais trop de questions. Ou peut-être que je ne savais plus par où commencer.

— Je peux m'asseoir ? demandai-je, en désignant la chaise libre dans la pièce.

Emma acquiesça, sans se départir d'un sourire complice.

— Ta mère est vraiment gentille, murmura-t-elle finalement.

— Je n'ose pas te demander ce qu'elle t'a raconté sur moi.

— Ton escapade chez la voisine quand tu avais huit ans. Je crois qu'elle est plus traumatisée par les rosiers que tu as détruits que par ton entorse à la cheville.

— J'ai toujours eu un penchant pour les filles inaccessibles.

Je levai un sourcil à son attention, espérant une réaction, même minime. Je n'aurais pas été capable de dire si ce que nous avions vécu pouvait être considéré comme une histoire. Ou juste une soirée. Ou juste un baiser. Mais constater qu'elle était si proche de moi sans pouvoir réellement lui parler sans être gêné ni même l'approcher me tiraillait le cœur. L'allégresse de la retrouver se disputait en moi à la cruauté de la réalité. Nous nous étions vus deux fois, je l'avais embrassée, elle avait disparu : nous n'étions pas ensemble, ni même amis. En fait, il n'y avait même pas de « nous ».

— Que t'est-il arrivé ? l'interrogeai-je.

— Oh ! une mauvaise combinaison de pas en salsa. J'ai fini par trébucher et me tordre la cheville. Je suis venue à l'hôpital le plus proche. Je ne voulais pas que mes collègues profitent de ma blessure pour me chambrer pendant des siècles.

— De la salsa ? m'amusai-je.

— Il faut bien trouver un moyen de libérer la pression, répondit-elle en haussant les épaules.

— Et ton allergie à la danse ?

— Eh bien, de toute évidence, elle vient de se rappeler à moi. Tu fais des photos ?

Elle désigna de l'index ma sacoche en bandoulière. J'acquiesçai, satisfait qu'elle poursuive notre conversation. Peu à peu, le malaise que je ressentais s'estompait, laissant place à une forme de nostalgie complice.

— J'ai écouté tes conseils. Je fais des photos au quatrième étage, à la maternité.

— Tu as donc fini par abandonner ton job de caissier pour te jeter à l'eau ?

— Plus ou moins. Je n'en suis pas au stade où je suis affiché dans des galeries cotées.

— C'est ça que tu veux ? La célébrité ? La gloire ?

— Pourquoi pas ? Personne ne sait vraiment de quoi l'avenir est fait. Et, toi, toujours en médecine ?

— Toujours. Et tu vois, même sur mon temps libre, je finis à l'hôpital, dit-elle en plaisantant avant de grimacer de douleur.

Même si je brûlais d'envie de m'approcher d'elle et de m'asseoir à son côté, je restai sagement à ma place. L'amertume et le souvenir cuisant de notre dernière rencontre – qui s'était terminée dans ce même type de salle d'examen – me retenait. J'avais déjà pris des coups, je n'étais pas certain de vouloir en encaisser d'autres.

— Tu m'en veux toujours, dit-elle finalement après un court silence.

— Pas vraiment, non. C'est… Disons que je ne m'attendais pas à te voir.

— Les choses n'ont pas changé.

— Je m'en doutais. Comme je le disais, j'ai un faible pour les filles inaccessibles. Et, honnêtement, tu es encore plus attirante qu'il y a un an, ce qui te rend encore plus… inaccessible.

— Donc, tu n'es pas contrarié, tu es juste…

— … Sous le charme. Comme depuis le début. Aucune raison que cela change.

— Tu pourrais avoir n'importe quelle fille avec ce genre de compliments.

— Toutes sauf une, apparemment.

Nous échangeâmes un sourire et, un instant, l'atmosphère lourde et pesante du début de notre conversation s'allégea. Emma n'avait pas changé : elle était toujours aussi incroyablement têtue. De mon côté, je n'attendais plus rien d'elle. Elle avait été suffisamment claire : elle ne partageait en rien mes sentiments.

La porte derrière moi grinça, et ma mère réapparut, des radios dans une main et une attelle dans l'autre. En découvrant l'objet, Emma soupira lourdement, avant de passer une main sur son visage.

— Un mois avec ça et vous pourrez retourner à votre cours, chantonna ma mère.

— Un mois avec ça et on aura de la chance si je ne tue personne d'agacement sur mon chemin.

Délicatement, ma mère installa son attelle, avant de lui confier une ordonnance. Elle aida Emma à se redresser et j'entendis distinctement cette dernière grogner de frustration, avec une moue plus que contrariée.

— Quelqu'un peut vous ramener ? demanda ma mère.

— Je m'en occupe, répondis-je aussitôt en me redressant. Emma est une vieille connaissance, ajoutai-je en guise d'explication.

Ma mère me lança un regard surpris mais ne posa pas plus de questions. Elle me tendit une paire de béquilles et, après avoir salué une dernière fois Emma, elle quitta la salle d'examen.

— Tu n'es pas obligé de faire ça, murmura Emma en clopinant maladroitement vers la sortie de l'hôpital.

— J'ai envie de le faire. Tu sais, prolonger le moment, expliquai-je en lui indiquant la direction de ma voiture.

Il faisait déjà nuit, et les températures avaient chuté. D'instinct, je retirai mon manteau et le glissai sur les épaules d'Emma. Elle me remercia d'un bref sourire, se concentrant sur sa marche laborieuse. L'imaginer se déplacer ainsi pendant un mois me tira un sourire : je savais qu'elle finirait par jeter les béquilles et courir avec son attelle dans les couloirs de l'hôpital en maudissant tous les orthopédistes de la planète.

— Je peux difficilement prendre la fuite, dit-elle en riant.

— Ne me fais pas croire que tu ne le referas pas.

— Parce que c'est ce que je fais de mieux ?

— Oh ! non. Tu fais un tas de choses mieux que

ça... Mais fuir, tu ne le fais qu'avec moi, alors je me sens un peu spécial.

J'ouvris la portière de la voiture et l'aidai à s'y installer. Après avoir déposé ses béquilles sur le siège arrière, avec mon sac et mon appareil-photo, je m'assis derrière le volant. Je démarrai, réglant le chauffage au maximum, mais encore hésitant sur l'endroit où nous allions.

Le plus simple aurait été de la ramener chez elle, d'avoir une conversation banale et sans intérêt, de ne rien imaginer pour le lendemain. C'était la solution raisonnable, celle qui m'éviterait d'avoir des regrets amers et d'être hanté par ces souvenirs pour les deux prochaines années. Pourtant, la savoir près de moi, presque vulnérable et sentir notre complicité presque intacte me donnait envie de croire à l'improbable.

— Tu veux manger quelque chose ? proposai-je.

— J'ai... Je dois prendre ma garde dans deux heures. J'ai juste le temps de rentrer chez moi et de prendre une douche.

Je ne pus m'empêcher de sourire. Même quand je pensais gagner du temps, Emma trouvait le moyen de s'échapper. Je n'aurais pas dû être surpris, encore moins déçu. Pourtant, je l'étais.

— J'habite à quelques rues, ajouta-t-elle, anéantissant les dernières braises d'espérance.

Je secouai la tête et suivis la direction qu'elle m'indiquait. Les vitres de la voiture se couvraient progressivement de buée, nous enfermant dans un cocon surchauffé et rassurant. Je savais que notre temps était compté – il l'avait été à chacune de nos deux rencontres – mais nous étions ensemble, et cela suffisait à me rendre heureux.

— Pourquoi la salsa ? l'interrogeai-je, à un feu rouge.

— Une résolution qui a mal tourné. Je voulais prouver à ma famille que je pouvais faire autre chose que de lire des livres de médecine. On peut estimer que c'est un échec, soupira-t-elle en étirant sa jambe blessée.

— Je croyais qu'on avait dit qu'on arrêtait les bonnes résolutions ?

— Je n'ai jamais dit qu'elle était bonne ! répondit-elle dans un rire tandis que je remontais sa rue.

— Tu devrais avoir des défis moins ambitieux.

— Tu veux dire, comme… disons, dîner avec toi ?

— Oh ! non. Un dîner, c'est trop simple pour toi, comme pour moi.

— Mon immeuble est juste là.

Je me garai avec précaution, redoutant déjà l'instant où elle disparaîtrait derrière la lourde porte cochère de son immeuble haussmannien. J'avais compris qu'Emma, déterminée et libre, était aussi une présence éphémère. La retenir était contre-productif.

Elle pivota vers moi, un large sourire sur les lèvres. Mon cœur se serra ; je sentis m'envahir la peine, certainement, l'amertume, évidemment. Mais, surtout, l'envie de la retenir sans savoir réellement comment faire.

— Merci de m'avoir raccompagnée.

— Je t'en prie. Je vais t'aider à sortir.

Je contournai la voiture et aidai Emma, déjà partiellement hors de son siège. Elle se redressa péniblement, levant son pied endolori dans un équilibre précaire. Je me retrouvai face à elle, m'abreuvant de chaque détail de son visage et savourant chaque éclat de son regard. Le vent était glacial et s'infiltrait sous mes vêtements, mais je n'aurais échangé ma place pour rien au monde.

— Je sais que tu préférerais un petit déjeuner, murmura-t-elle.

— Entre autres.

Je repoussai une mèche de cheveux de son visage, ignorant les battements frénétiques de mon cœur. En quelques minutes, Emma me faisait sentir plus vivant que n'importe qui. Vivant et un peu désemparé. Mais vivant et heureux. Elle frissonna et accrocha ses mains à mon pull épais en laine noire pour conserver son équilibre.

— Un jour, peut-être, dit-elle en plongeant son regard dans le mien.

— C'est ce que je crois. Sinon, je ne serais pas là, en face de toi, à espérer te retenir.

Un petit sourire amusé apparut sur ses lèvres.

J'effaçai la courte distance entre nous et posai mon front contre le sien. Elle ferma les yeux, retenant son souffle tandis que je murmurai :

— C'est ce que je cherche à faire depuis que je te connais : te retenir.

— Tu es patient.

— De l'avis général et, dans le meilleur des cas, je suis plutôt… cinglé.

— Et dans le pire ?

— Désespérant.

Elle posa sa main sur ma joue et, pendant quelques instants, le froid reflua pour laisser place à une douce chaleur. Elle rouvrit les paupières, et son regard accrocha le mien. Il n'y avait plus la lueur de défi ou l'amusement habituel. Je ne voyais qu'Emma, la fille qui hantait mes pensées le jour et peuplait mes rêves la nuit.

Lentement, elle se hissa sur son pied valide pour effleurer ma bouche de la sienne, provoquant une puissante vague de désir dans tout mon corps. Surpris, je restai immobile, et elle réitéra son geste, un peu incertaine ; il n'y avait pourtant aucune chance que je la repousse. J'enroulai mon bras autour de sa taille et collai son corps contre le mien. Elle étouffa un cri stupéfait contre mes lèvres, avant de nouer ses mains autour de ma nuque pour approfondir notre baiser. Quand elle glissa sa langue entre mes lèvres, je laissai échapper un grognement.

Ce n'était pas la première fois que nous nous embrassions, mais c'était la première fois qu'elle en prenait l'initiative et qu'elle imprimait son rythme. Mes souvenirs de notre précédent baiser étaient ternes et flous en comparaison de ce que je ressentais maintenant. Emma avait ce pouvoir de repousser le froid, l'amertume et les regrets. Je n'étais pas cinglé. J'étais tombé amoureux de cette fille que j'avais vue deux fois et qui passait son temps à m'échapper.

C'était irrationnel.

Cette fois encore, Emma menait la danse et donnait le rythme de nos échanges ; elle m'embrassait lentement, dans un équilibre précaire, sans aucune promesse. Elle pressait son corps contre le mien, s'accrochant à ma nuque comme si sa vie en dépendait. Mon cœur menaçait d'imploser. Tout ce que j'avais toujours retenu – mes sentiments, mes doutes, mes secrets, mon désir – semblait vouloir se répandre à ses pieds en guise d'offrande.

Je la sentis frissonner contre moi, et elle dénoua ses mains pour les glisser le long de mon pull, s'arrêtant là où mon cœur battait la chamade. Je brûlai de savoir si le sien suivait la même cadence.

Quand elle s'écarta, nous étions tous les deux à bout de souffle.

— Il faut que j'y aille, dit-elle en se détachant de moi.

Je la libérai à regret. Elle prit ses béquilles et

m'adressa un dernier regard. Je luttai contre l'envie de la retenir et le besoin urgent de sentir son parfum sur sa peau. Notre tout premier baiser le soir du réveillon avait été trop fugace, et celui-ci avait un goût d'adieu.

— Toujours pas de petit déjeuner ? l'interrogeai-je, un sourire accroché aux lèvres.

— Un jour, peut-être.

Je n'aurais pas dû être surpris. Emma me fixait, incapable de bouger. Je savais déjà qu'elle allait s'excuser pour ce baiser, qu'elle cherchait juste un prétexte pour prendre la fuite.

— C'était spontané, expliqua-t-elle finalement.

— J'aime le spontané. Et puis on l'a déjà fait.

— C'est vrai. Je sais que tu aimerais plus, que tu voudrais une espèce de relation.

— Une espèce ?

— Je ne suis pas vraiment faite pour ça. Je passe mon temps dans les livres pour mes études, je cours à l'hôpital pour mes heures d'internat, je parle dans mon sommeil, je ne cuisine pas... Vraiment, je t'assure, tu ne loupes rien.

— Tu viens de m'embrasser, je crois, au contraire, que je loupe quelque chose. Honnêtement, je pense qu'on loupe tous les deux quelque chose.

— Je suis désolée, Tristan. Je crois... Peut-être que je t'ai laissé penser qu'il allait se passer quelque chose ou que je ressentais un truc pour toi. Mais...

Non, ce baiser c'était juste impulsif. Tu mérites une fille qui peut assumer et veut une vraie relation.

Elle avait peur, j'allais donc devoir l'apprivoiser. J'étais prêt à faire preuve de patience et à démonter, un à un, ses piètres arguments.

— On se reverra, lançai-je, nullement convaincu par sa réaction.

Elle se contenta de sourire, et j'eus la certitude que je finirais par gagner, que j'avais une chance de la faire changer d'avis.

Je m'assurai qu'elle rentre chez elle en sécurité. Dès qu'elle fut hors de portée, je me réinstallai derrière le volant. Ce fut en commençant à manœuvrer que je le vis. En un instant, mes regrets s'estompèrent, et je me surpris à sourire. Sur la vitre côté passager couverte de buée, Emma avait dessiné comme seuls les enfants savent le faire, un cœur rond, parfait, immense et aussi éphémère que nous.

Finalement, peut-être qu'elle aussi y croyait.

Chapitre 2

— De la salsa ? répétai-je, incrédule.

— Je sais à quoi tu penses, répondit Hélène en agitant sa fourchette dans ma direction.

— À la mésentente congénitale de tes pieds. J'ai toujours cru qu'ils ne pouvaient pas vivre l'un près de l'autre.

— Je trouve ça très étrange que tu humanises mes pieds.

— Étrange ? Tu plaisantes ? Tes pieds sont des autonomistes convaincus. Ils luttent pour sortir de ce corps.

— Tu exagères !

— Ta première danse de mariage ? Ou le jour où tu es tombée en descendant de voiture ? Ou encore celui où tu as tenté de nous renvoyer le ballon de foot dans le jardin ? énumérai-je en comptant sur mes doigts.

Hélène fut secouée d'un rire heureux. Elle finit par acquiescer, levant les mains devant elle en signe de défense. J'avais renoncé à comprendre comment elle faisait pour être si maladroite. Hélène trébuchait sur le moindre caillou ou la plus minuscule racine, à croire que le monde lui en voulait et lui tendait des pièges à chaque coin de rue. C'était devenu l'objet de plaisanteries récurrentes.

— Tu risques de tuer quelqu'un à la salsa ! repris-je en attaquant la seconde moitié de ma gaufre.

— C'est pour me défouler. Et je ne suis pas si maladroite !

— Dit la femme qui a fait tomber toute une table de flûtes à champagne à son bureau.

— La nappe était trop longue, et cette réception n'aurait jamais dû avoir lieu dans un couloir passant.

— Et tu suis des cours depuis que tu es arrivée ici ?

— À peu près.

Elle replongea le nez dans sa gaufre, tandis que je gardais les yeux rivés sur elle. Hélène n'avait jamais été du genre mystérieux ; elle avançait vers vous avec un grand sourire et une sincérité si inédite qu'elle en était désarmante. C'était ce que j'aimais le plus chez elle : son incapacité à cacher quoi que ce soit. Et là, elle cherchait à me cacher quelque chose.

— Hélène ?

Elle releva les yeux vers moi, mastiquant son morceau de gaufre à toute vitesse, avant de prendre son mug entre ses mains. À la façon dont son regard fuyant accrochait désespérément la vitre, je sus que j'avais visé juste.

— Tu comptes rester à Paris ?

— Qu'est-ce que tu racontes ? demanda-t-elle, en mimant très mal l'étonnement.

— Personne ne s'inscrit à un cours de salsa pour quelques semaines. Tu vas emménager ici ?

— Tout dépend de la suite des événements. Il n'y a plus grand-chose qui me retient en Bretagne, et je crois que j'ai besoin de voir autre chose. Tu comprends certainement de quoi je parle ?

Elle se réfugia dans son mug de café tout en prenant soin de baisser les yeux. Même si je comprenais ses motivations, j'étais loin de savoir ce qu'elle ressentait. Hélène avait toujours choisi de saisir le meilleur dans la vie : boire un verre devant un coucher de soleil rougeoyant, cueillir des cerises chez son voisin ou chanter dans une chorale de Noël. Même si elle se montrait radieuse, elle avait affronté le pire, et cette ombre persistait dans son regard.

— Fuir ne change rien, répondis-je.

— Je ne fuis pas. Je veux juste prendre un nouveau départ. J'aurais dû le faire depuis longtemps.

Son regard se voila. Nous étions en train de replonger dans des souvenirs douloureux, je devais changer de conversation.

— Et ce type qui cherche un emplacement pour son restaurant ? l'interrogeai-je.

— Repose-moi la question sans le sous-entendu que je perçois.

En une seconde, Hélène avait retrouvé son sourire légendaire, celui pour lequel la plupart des hommes auraient marché pieds nus sur des charbons ardents. Avec sa longue chevelure rousse et ses yeux vert forêt, elle était vraiment une belle femme. Je n'aurais pas été surpris que ce client souhaite être plus qu'un client.

Ou qu'il se soit servi d'un prétexte professionnel pour se rapprocher d'elle.

— Il n'y a aucun sous-entendu, dis-je sur la défensive.

— Je ne fais que mon travail, je t'assure. Je le connais depuis longtemps.

— Donc tu le connais depuis longtemps, tu lui cherches un local à Paris et tu envisages de rester ici.

— Tristan !

— J'énonce des faits. Tout le monde se sent toujours concerné par ma vie amoureuse, pourquoi on ne s'intéresserait pas plutôt à la tienne ?

— Je te rappelle que tu n'as aucune vie amoureuse. Tu es dans une impasse depuis des années et tu refuses de voir la vérité en face.

— Je l'aime, Hélène. Je ne sais pas comment m'arrêter et, honnêtement, je ne crois pas en avoir envie.

— Tu te fais du mal.

— Tu changes de sujet. Nous en étions à ce type qui te court après...

Elle éclata de rire et, pendant une seconde, il me sembla que la grisaille de Paris – avec sa pluie fine et serrée – laissait place à un rayon de soleil. J'observai le visage d'Hélène, remarquant ses joues rosies. Je souris à mon tour, certain désormais d'avoir touché juste.

— Il ne me court pas après, répondit-elle finalement.

— Non ?

— Non ! affirma-t-elle, avant de lever les yeux au ciel.

— Il devrait... J'ai une grande expérience dans ce domaine. Fleurs, déclarations enflammées, évasions, dîners romantiques : dis-moi ce que tu souhaites, et je lui dirai exactement comment faire.

— Et je lui dirai, accessoirement, que ta grande expérience dans ce domaine n'a pas été franchement couronnée de succès.

— Pour le moment.

— Je confirme : ton cas est désespéré.

— Belle tentative d'esquive, mais je veux tout savoir. Nom, métier, études universitaires, enfants illégitimes, couleur de ses sous-vêtements et même ses manies inavouables.

Elle secoua la tête et interpella la serveuse qui passait près de notre table pour commander un nouveau café. J'en profitai pour redemander une gaufre. La serveuse s'éclipsa, et je décidai de reprendre mon interrogatoire.

— Alors ?

— C'est une vieille connaissance. Il vient de divorcer et je crois qu'il veut juste se rassurer.

— Ou peut-être qu'il attendait son tour, patiemment, espérant que tu jettes un regard dans sa direction.

— Il attendait son tour ? répéta-t-elle, incrédule. En étant marié ?

— Parfois, les gens font des choix douteux parce qu'ils sont désespérés.

— C'est encore ta grande expérience qui parle ?

— Tout à fait. Heureusement, sur ce coup, j'ai réussi à éviter le pire. Tu connais son ex-femme ?

— Je l'ai croisée deux fois.

La serveuse revint à notre table, apportant le café d'Hélène et notre addition. D'un geste vif, je parvins à l'arracher des mains de mon amie qui sortait déjà son portefeuille. Je réglai nos commandes et attendis que la serveuse m'adresse un sourire, avant de pivoter vers Hélène. Elle était plongée dans ses pensées, les yeux rivés sur la fenêtre couverte de buée.

— Tu veux ma théorie ? demandai-je.

— Seulement si elle est meilleure que ta pratique.

— Ma théorie, c'est qu'on se fiche de tout ça. On se fiche de cette histoire de bon moment, de bon endroit ou de bonnes personnes. On se fiche de la culpabilité ou d'être désespéré.

— Tristan…

— Hélène, ce que je veux dire, c'est que personne ne peut comprendre ce qu'on a vécu ou ce qu'on vit. Je suis incapable d'expliquer ma relation avec Emma et, comme je le disais tout à l'heure, je crois que je n'en ai pas très envie. Alors si ce type te plaît, fonce.

— Vraiment ?

— Vraiment. Tout le monde nous bassine avec l'amour, alors prends-les au mot. Et merde au reste.

Hélène étouffa un rire, pendant que je coupais un morceau de ma gaufre. Pour moi, c'était plus qu'une théorie, c'était la façon même dont je voyais ma relation avec Emma. J'aurais pu l'envisager prudente, diplomate et dans les règles. Mais ce que je ressentais pour elle depuis notre rencontre en plein mariage me poussait à suivre mon instinct et à vivre l'instant présent. Pour survivre pendant toutes ces années au désir incandescent qui cavalait dans mes veines à chacune de ses apparitions dans ma vie et au besoin presque primitif de la retenir près de moi, je n'avais eu qu'un seul recours : m'accrocher à l'espoir de la revoir.

— Je comprends mieux, fit Hélène.

— Quoi qu'on en dise, je ne suis pas si mauvais en relations amoureuses !

— Si on fait abstraction de ton célibat, tu veux dire ?

— C'est un détail. Ma théorie fonctionne, je sais que je finirai mes jours avec Emma.

— Tu en es vraiment sûr ? demanda Hélène, un peu inquiète.

— Certain. C'est dans l'ordre des choses.

— Un jour, elle va comprendre son erreur et elle viendra vers toi ?

— Il n'y a pas d'erreur. Notre histoire doit se dérouler ainsi.

J'y croyais vraiment, j'y croyais dur comme fer. C'était sûrement pour cette raison que je passais pour un fou furieux auprès des autres, parce que y croire me faisait passer pour un idéaliste, un doux rêveur, à tendance pathologique.

La folie étant passée de mode depuis longtemps, je n'étais donc qu'un amoureux ringard. Et cette idée me plaisait beaucoup.

Hélène m'adressa un sourire attendri, avant de prendre son mug de café entre les mains. Elle souffla sur sa boisson brûlante, les yeux pétillants. Mes convictions lui avaient souvent fait secouer la tête mais, elle, au moins, ne cherchait pas à me faire changer d'avis. Finalement, elle demanda :

— Emma est au courant ?

— Elle sait que je l'aime. Elle a son chemin, et j'ai le mien : un jour ou l'autre, ils se recroiseront. Il veut ouvrir quoi comme restaurant ?

— Une sorte de bistrot. Il a déjà plus ou moins tenté sa chance lors d'un déjeuner.

— Et ?

— Et le moelleux au chocolat était à damner un saint et nettement plus intéressant que lui. Franchement, je me suis ennuyée !

— Hélène, rassure-moi : il a payé l'addition ? l'interrogeai-je.

— Oui. Ce qui a rendu ce moelleux encore meilleur.

— Et ensuite ?

— Je ne l'ai pas rappelé. Je me suis contentée de faire des mails très professionnels.

Elle afficha un sourire victorieux. Sa nervosité s'était estompée au profit d'une certaine satisfaction. Sous ses airs avenants et ses yeux malicieux, Hélène était une forteresse imprenable. J'avais de la peine pour cet homme qui allait chercher par tous les moyens à trouver une prise pour finalement se heurter à des parois lisses.

— Tu te rends compte que ce type doit être au trente-sixième dessous ?

Pour toute réponse, Hélène haussa les épaules.

— Tu ne réalises pas le courage qu'il faut pour inviter une fille à un rendez-vous. Ça revient à se jeter dans le vide, en espérant ne pas s'écraser au sol.

— Tu exagères. Je ne suis pas ce genre de femme.

— Bien sûr que si. Vous êtes toutes ce genre de femme. Inaccessibles et un peu cruelles.

— Tu inclus Emma ?

— Emma est la reine des filles inaccessibles.

Nous restâmes silencieux, Hélène cogitant sur son avenir sentimental pendant que je remâchais mes souvenirs en croyant mordicus à une fin heureuse. J'avalai une nouvelle bouchée de ma gaufre, jetant un œil aux tables autour de nous. Les adolescentes étaient parties, laissant leurs places à deux couples de personnes âgées.

— As-tu au moins une idée de ce qu'elle fait actuellement ? m'interrogea Hélène.

— Ce qu'elle aime, j'imagine.

— Elle pourrait être avec un homme.

— Probablement. Est-ce que tu plains cet homme autant que moi ?

— Parce qu'il n'a aucune chance ?

— Parce qu'il va tomber amoureux.

Soudain, Hélène fronça des sourcils et se pencha dans ma direction, les yeux rivés sur mon front. Elle tendit la main pour dégager une mèche de cheveux rebelle et longea de son index la cicatrice que j'arborais sur le haut du front.

— Je ne l'avais jamais remarqué. Une blessure de guerre ?

— Le souvenir d'une bataille.

— Une victoire ?

— Disons que les deux parties ne sont pas vraiment tombées d'accord sur l'issue du combat…

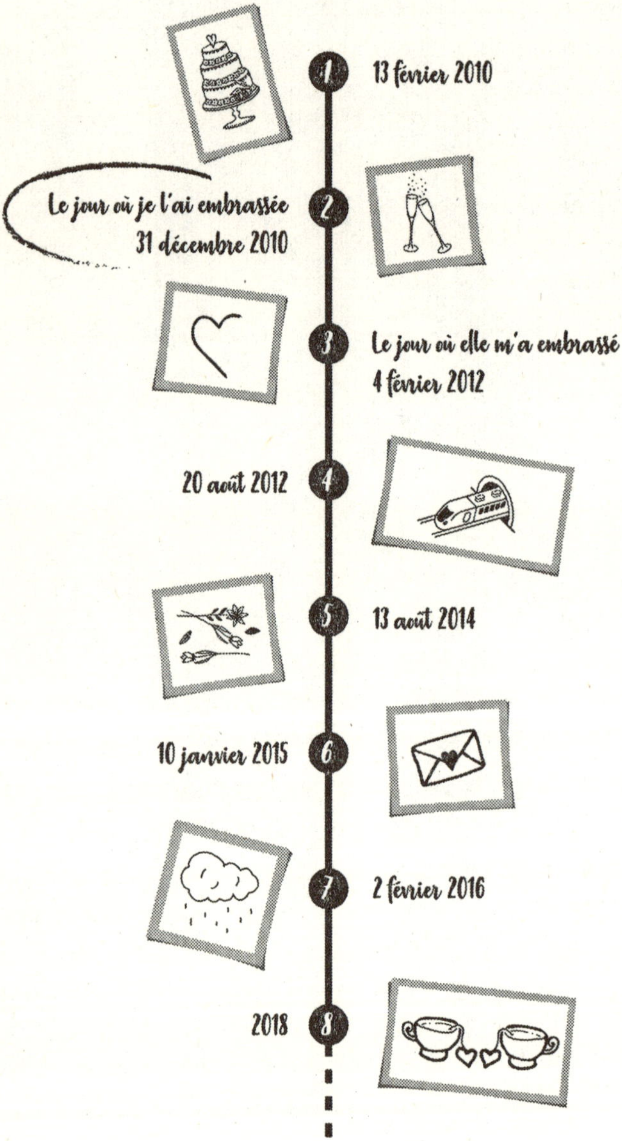
1
13 février 2010
Le jour où je l'ai embrassée
31 décembre 2010
2
3
Le jour où elle m'a embrassé
4 février 2012
20 août 2012
4
5
13 août 2014
10 janvier 2015
6
7
2 février 2016
2018
8

Le jour où je l'ai embrassée
31 décembre 2010

— Je t'assure que j'avais dit à Hélène de faire un truc simple et en petit comité ! hurla Bastien à mon oreille.

Il me tendit une bière et se posta près de moi tandis que j'embrassais du regard leur minuscule salon, plein à craquer. Les éclats de rire se mêlaient aux basses hypnotiques de la musique, laquelle semblait faire trembler les murs. Hélène avait eu le sens du détail, décorant la pièce avec des éléments rappelant les meilleurs moments de l'année : des jeux olympiques à l'éruption du volcan au nom imprononçable, en passant par la sortie de *Toy Story 3* et son mariage avec Bastien.

— Alors, c'est à ça que ça ressemble ? demandai je à ce dernier.

— Une fête organisée par Hélène ?

— Le mariage.

— J'ai toujours pensé que je serais heureux avec elle. J'en suis maintenant parfaitement convaincu.

J'étouffai un rire avant de prendre une gorgée de ma bière. Le vacarme dans leur petite maison était assourdissant mais une convivialité incroyable s'en dégageait. J'observai les visages heureux, les embrassades, les sourires et les corps pressés les uns contre les autres. Hélène savait organiser une fête, c'était indéniable. Depuis quelques mois, Bastien était quasiment mon voisin – à 5 kilomètres près. Il avait acheté cette maison avec Hélène, prêt à affronter les rénovations massives qui les attendaient. Bastien et moi avions toujours été très proches ; nous avions passé toutes nos vacances d'enfants ensemble et, plus vieux, nous avions partagé une passion commune pour les soirées étudiantes. Je n'avais donc pas hésité longtemps, quand il m'avait proposé de fêter le réveillon chez lui : lui comme moi savions que nous allions faire de nombreuses soirées dans ce nouveau salon.

— Donc, après presque 11 mois, la lune de miel dure toujours ? l'interrogeai-je.

Bastien demeura silencieux. Son regard papillonna dans la salle avant de tomber sur Hélène, debout sur la table basse, pieds nus, prête à imiter John Travolta dans *La Fièvre du samedi soir*. Je levai un sourcil en découvrant sa robe en lamé doré qui scintillait à la lueur d'une rangée de spots installée sur une étagère.

— Elle va durer un moment, confirma Bastien en secouant la tête. Tu devrais essayer.

— Le mariage ?

— Une relation qui dure plus d'une semaine.

— J'essaye, répondis-je.

— Et ?

— Et disons qu'il semble que je ne sois pas assez convaincant.

Hélène dansait, les yeux clos et un verre à la main, suivant le rythme de la chanson presque inaudible avec tous ceux qui criaient les paroles à s'en casser la voix. Bastien me donna un petit coup de coude afin d'attirer mon attention.

— Tu es sérieux ? demanda-t-il. Tu veux vraiment une relation longue ?

Je me contentai de hocher la tête. Je n'avais pas envie de me fendre d'une longue explication. Il y avait peu de chance qu'il comprenne de toute façon. Cette histoire de relation longue durée n'existait que pour moi. Il ne s'agissait ni de honte, ni de secret. Mais comment aurais-je pu expliquer la situation à Bastien, alors que je peinais moi-même à la comprendre ? J'avais croisé Emma une seule fois, et cela m'avait suffi à comprendre que c'était la femme de ma vie. Sa personnalité mystérieuse me fascinait, et son côté fuyant me rendait fou. J'étais parvenu à dégoter son numéro – merci Bastien –, j'avais laissé plusieurs messages, j'avais même essayé de la croiser à la sortie de son hôpital. Emma était un véritable fantôme, absorbée par ses études et hermétique à mes propositions.

Mais j'étais têtu et sûr de mes sentiments : un jour ou l'autre, elle finirait par répondre à mes appels.

Un jour ou l'autre, je finirais par percer sa carapace et gagner sa confiance.

— Et, donc, toutes ces filles avec qui je t'ai croisé

dernièrement ? fit Bastien, dans une vaine tentative d'obtenir des réponses.

Je haussai les épaules. Toutes ces filles n'étaient que des diversions. Ma rencontre avec Emma m'avait marqué. Bouleversé. Touché. Je refusais pourtant de la considérer comme une marque au fer rouge et d'associer Emma à une douleur insoutenable. Pour autant, elle se glissait dans chacune de mes pensées, dans chaque geste quotidien et insignifiant, dans chaque chanson niaise que j'entendais au supermarché. Ce n'était pas désagréable, mais terriblement frustrant. Mes efforts étaient sans effet et, surtout, je ne voyais pas de solutions.

— Ton argumentaire est effectivement faible, reprit Bastien. Tu es venu seul ?

— Ma conquête de la semaine avait d'autres projets, éludai-je.

— Largué juste avant le nouvel an, c'est dur !

— Je m'en remettrai.

— Je suis certain que tu trouveras une âme assez charitable pour t'embrasser à minuit !

J'acquiesçai et portai ma bouteille de bière à mes lèvres. Je me fichais de toutes ces filles qui défilaient dans ma vie. À chaque fois, je les envisageais comme des distractions, espérant chasser le souvenir d'Emma de ma mémoire. Cela fonctionnait parfois, mais cela ne durait jamais.

Hélène termina sa danse et descendit de la table.

Légèrement éméchée, elle tituba jusqu'à Bastien, un sourire radieux aux lèvres. Quand elle fut à notre hauteur, elle m'embrassa sur la joue et accepta avec joie de se réfugier dans les bras de son mari.

— Très belle chorégraphie, la félicitai-je.

— Je suis contente que tu sois venu ! hurla-t-elle. Tu es seul ?

Je levai les yeux au ciel, agacé de la réputation qui me précédait. La musique redoubla d'intensité, et je reportai mon attention sur la foule remuant au rythme frénétique des basses. Les bras se levèrent et, l'instant suivant, des voix entonnèrent à l'unisson un vieux tube d'INXS.

À ce moment précis, à l'instant où le refrain résonnait dans les enceintes saturées, je la vis. Bras levés, yeux clos, se déhanchant au rythme de la batterie et faisant scintiller sa robe à sequins noirs. Elle était encore plus belle que dans mon souvenir ; malgré la foule, je ne voyais plus qu'elle. Le visage détendu, un large sourire sur les lèvres, sa silhouette moulée dans une robe qui laissait entrevoir ses jambes, sa longue chevelure ondulée tombant dans son dos. Elle semblait libre et sereine.

— C'est Emma, dit Hélène près de moi. La fille que je voulais te présenter au mariage, tu te souviens ?

— C'était elle ? m'écriai-je.

— Tu la connais ? s'étonna Bastien.

— Je l'ai rencontrée le jour de votre mariage. Elle

m'a dit qu'elle était allergique à la danse, répondis-je, un sourire aux lèvres.

Emma dansait toujours, presque envoûtée par le rythme. De toute évidence, elle m'avait menti. Quand la chanson s'acheva, un homme parvint à sa hauteur, lui agrippa le coude et lui parla à l'oreille. Elle eut l'air contrarié d'avoir été interrompue puis secoua la tête. L'homme insista mais, à nouveau, elle secoua la tête et arracha son bras de sa prise.

— Et lui, c'est qui ? demandai-je à Hélène.

— Son mec. Elle l'a rencontré à l'hôpital, du genre jeune médecin prétentieux.

Quand il la laissa enfin, Emma repris sa danse, hermétique au reste du monde, belle comme aucune autre. Je refoulai le souvenir de notre rencontre : j'avais espéré l'inviter à danser et j'avais fini allongé avec elle, au milieu d'un parc, à finir un fond de bouteille de champagne et à passer la meilleure soirée de ma vie.

— Si tu penses que tu as une chance, tu devrais y aller, me conseilla Hélène.

Les yeux toujours rivés sur Emma, je rétorquai :

— Et son mec ?

— On peut dire que tu n'es pas au courant. C'est elle que ça devrait freiner, pas toi.

Hélène était ivre. C'était la seule explication à ce conseil à la morale discutable. Pourtant, je devais admettre qu'elle n'avait pas tout à fait tort. Je n'étais pas censé savoir qu'Emma n'était pas disponible ; et si elle ne l'était vraiment pas, alors elle saurait me le dire.

Elle m'avait prouvé qu'elle savait dire les choses, en particulier toutes celles que je n'avais pas envie d'entendre.

Une nouvelle chanson agita les caissons de basse, et Emma s'extirpa de la foule pour gagner l'arrière de la maison. Je posai ma bière et la suivis, slalomant entre les invités pour rejoindre à mon tour l'extérieur. La fraîcheur de l'air contrastant avec l'ambiance surchauffée du salon me saisit une courte seconde.

Le jardin était éclairé par de petites boules lumineuses opaques fichées dans le gazon et des guirlandes lumineuses serpentaient dans quelques arbres, ajoutant une touche féerique au décor. Plissant les yeux, je distinguai de petits groupes d'invités, riant et discutant avec animation, avant de trouver la silhouette d'Emma, assise sur une des chaises longues du jardin.

Incertain, j'approchai, cherchant comment j'allais lancer la conversation. À cet instant, parler avec Emma revenait pour moi à marcher sur un lac gelé sans avoir vérifié l'épaisseur de la glace : cela requérait une louche d'audace et une pointe d'inconscience. Elle n'avait déjà pas répondu à de simples appels, elle n'avait aucune raison de me faire la conversation ce soir. L'humiliation serait glaçante et ma déception immense.

— Je peux m'asseoir ? lui demandai-je.

— Est-ce que tu abordes toutes les filles avec cette question ? demanda-t-elle sans même lever les yeux vers moi.

— Parfois, je manque d'imagination.

Son visage était à peine éclairé, mais je distinguai un sourire accroché ses lèvres. En silence, elle dégagea ses jambes et m'invita à m'asseoir sur sa chaise.

— Tristan, dit-elle.

— Emma.

— Je ne pensais pas te retrouver ici, c'est une bonne surprise.

— Tu aurais pu me retrouver avant si tu m'avais appelé. On aurait pu prendre un verre, ou dîner…

— Je crois que tous ces trucs sont bien trop traditionnels.

— Pour toi ?

— Pour nous, rectifia-t-elle immédiatement, en se redressant.

— Oh ! donc il y a un « nous » ?

Cette seule perspective me réchauffa le cœur. Après notre rencontre, pendant de longues semaines, j'avais attendu un signe de la part d'Emma, ne serait-ce qu'une simple réponse à mes multiples messages. Même si je savais où elle travaillait, et que je n'avais qu'un coup de fil à passer à Bastien pour avoir ses coordonnées, je voulais vraiment qu'Emma soit à l'initiative de notre nouvelle rencontre.

Histoire de me prouver que je n'étais pas le seul à ressentir quelque chose.

Emma se rapprocha, se tenant suffisamment près de moi pour que je devine les traces persistantes de son parfum, mélange de la puissance du cèdre et de la délicatesse du jasmin.

— Est-ce que ta carrière a décollé depuis ces douze derniers mois ? me demanda-t-elle après un court silence.

— J'encaisse toujours avec dévouement et passion. Tu n'as pas idée du chiffre que j'ai fait hier !

— Je parle de ta vraie carrière. La photo.

— Je réfléchis toujours.

— À quoi ?

— À comment survivre, payer les factures, garder une vie sociale, tout en me lançant dans une carrière incertaine et aléatoire.

— Le confort avant l'art ? m'interrogea-t-elle.

— Je crois que je ne veux pas coller au cliché de l'artiste crasseux qui n'a pas pris de bain depuis des mois.

— Oh ! tu es le genre d'hommes qui prend des bains ? dit-elle en riant.

— Tu le saurais si tu avais répondu à mes messages. Et avant que tu le demandes, oui, c'est une invitation.

À ma grande surprise, elle posa délicatement sa main sur la mienne. En silence, elle cala sa tête contre mon épaule. Pendant un instant, malgré les basses vibrantes de la musique et les éclats de rire épisodiques autour de nous, nous nous enfermâmes dans une bulle de calme et d'apaisement.

— Et tes études ? demandai-je finalement.

— On me demande de choisir une spécialité, dit-elle en soupirant. J'ai toujours été nulle pour choisir.

— Je pensais que tu étais certaine de ce que tu faisais ?

— Je le suis. Je refuse juste de choisir entre pédiatrie ou oncologie... Ou entre orthopédie et cardiologie. Quand j'étais enfant, ma mère me demandait, chaque dimanche, à la pâtisserie, de choisir entre le gâteau au chocolat ou celui à la crème : c'était un déchirement de prendre une décision.

Elle se redressa et planta son regard noisette dans le mien. D'instinct, mes yeux se braquèrent sur ses lèvres, douces et tentantes. Je retins mon souffle et tentai de capturer sa main dans la mienne, en vain. Cette fille me rendait dingue tant elle demeurait insaisissable.

Et comme pour me le prouver, elle se leva de la chaise longue.

— Tu devrais demander conseil à ton petit ami, suggérai-je.

Je me raccrochai à ce garde-fou, ce prétexte pour

rester à l'écart. Si Emma refusait visiblement de faire partie de ma vie, autant mettre un terme tout de suite à notre relation. Je pouvais encore m'en remettre. Ou, du moins, essayer.

Essayer parce que, évidemment, je me levai à mon tour et me plaçai devant elle. Elle m'adressa un bref sourire, avant de pousser un soupir et de m'avouer la vérité :

— Ex-petit ami. Je suis la fille qu'on largue le jour du réveillon.

— Il t'a larguée ? m'étouffai-je.

— Je te l'ai dit : je ne sais pas prendre une décision. Je suis soulagée qu'il l'ait prise pour moi.

— Je vais faire comme si j'étais désolé que tu sois seule.

Elle me sourit à son tour et, oubliant toutes mes bonnes résolutions, je posai ma main sur sa joue. Son visage trahissait ses doutes, ses craintes et une fragilité inédite. Je n'avais plus en face de moi la Emma certaine de tout, convaincue et assurée mais une jeune femme perdue, seule et incroyablement séduisante.

— Tu n'es pas désolé ? demanda-t-elle.

— Ma proposition lors de notre rencontre tient toujours.

— Le petit déjeuner ?

Je hochai la tête, mes doigts longeant désormais la ligne de sa mâchoire, avant de s'aventurer dans son cou. Je la sentis frissonner contre ma paume, mais elle ne me repoussa pas. L'air se chargea d'électricité. Ou peut-être était-ce juste mon corps qui se tendait à m'en faire mal. J'avais vu d'autres femmes, des femmes belles, drôles, intelligentes, sexy... Mais mon attirance pour Emma était d'une puissance inédite, à croire que mon corps ne réagissait qu'au sien et que je gravitais désormais autour d'elle comme une planète tourne autour de son astre fétiche. Emma était une énigme, révélant ses secrets avec parcimonie et prudence, c'était justement ce qui m'attirait : j'avais envie de croire que j'étais le seul à qui elle pouvait confier ses états d'âme.

— Je ne prendrai pas la décision pour toi, dis-je doucement.

— Vraiment ?

— Vraiment. Mais il faut que tu saches que je peux tout à fait te jeter sur mon épaule, courir jusqu'au portail et te balancer sur la banquette arrière de ma voiture pour un enlèvement en bonne et due forme.

— Tout ça pour un petit déjeuner ensemble ?

— Tout ça pour tous les petits déjeuners du reste de nos vies ensemble.

Emma colla son front au mien, pendant que j'enfouissais ma main dans ses cheveux. Son souffle caressa mes lèvres, et elle posa sa main libre sur mon torse. Mon cœur battait si fort qu'il devait presque étouffer les hurlements enthousiastes de la foule qui commençait le décompte jusqu'à minuit. J'avais enfin trouvé une faille dans sa carapace et j'étais décidé à ne pas laisser passer l'opportunité de me glisser durablement dans sa vie. Tous mes efforts payaient enfin, et j'en étais vraiment heureux.

Elle s'écarta de moi, mais ne fit rien pour repousser ma main perdue dans sa longue chevelure ondulée. Autour de nous, les invités scandaient les secondes restantes.

Cinq.

J'échangeai un sourire heureux avec Emma. Maintenant que j'étais avec elle, peu importait l'endroit, le froid de cette nuit de décembre ou la musique ringarde qui se déversait des basses, j'étais exactement là où je voulais être.

Quatre.

J'aurais aimé me disputer avec elle, tout découvrir d'elle – et surtout ses défauts – tester mes limites et éprouver les siennes. Peut-être que cela m'aurait rendu plus rationnel et raisonnable à son sujet.

Trois.

— Tu as des vœux pour la nouvelle année ? demanda-t-elle.

Deux.

— Un seul, soufflai-je.

Délicatement, j'attirai ses lèvres contre les miennes. Au moment où la foule explosait de joie, je savourai mon premier baiser en tête à tête avec Emma. Après une seconde de stupéfaction, elle pressa son corps contre le mien, s'agrippant de toutes ses forces à ma chemise. Je faufilai ma langue entre ses lèvres, tentant crânement ma chance. Si Emma ne devait être à moi que quelques instants, autant profiter de chaque seconde.

Je plongeai ma main dans ses cheveux, et Emma contint un gémissement. J'accentuai notre baiser, prenant possession de sa bouche avec passion et oubli. Mon cœur me faisait mal de battre si fort, mais sentir le corps d'Emma épouser le mien suffisait à m'apaiser. Le vent frais, humide et chargé d'iode m'effleurait à peine. Le désir pulsait dans mes veines, faisant écho à la musique. Je me consumais d'envie. Je me consumais pour elle.

À bout de souffle, je retirai ma main et m'écartai à regret. J'avais besoin de savoir si elle ressentait la même chose que moi, si nous étions bien sur la même longueur d'onde. Emma libéra ma chemise et se pinça les lèvres avant de demander :

— C'était ton vœu ?

— C'est mon vœu. Ça, et le petit déjeuner.

— C'est tentant, dit-elle dans un sourire. J'aurais dû répondre à tes messages. Ça m'aurait évité cette histoire catastrophique.

— La proposition tient toujours.

— Tu proposes ça à toutes les filles que tu croises ou…

— Tu as l'exclusivité. Des baisers et des petits déjeuners, précisai-je.

— J'ai un emploi du temps chargé et merdique.

— On fera au mieux.

— J'aime mon métier plus que tout, je ne suis peut-être pas aussi idéale que ce que tu imagines.

— C'est bien ce que je dis : j'ai besoin de quelques petits déjeuners pour me faire une idée précise.

— Quelques ?

— Ou tous. Je ne suis pas difficile.

Emma se contenta de rire, et son visage s'illumina. Elle me fixa pendant de longues secondes, comme si elle analysait ma proposition. Je me retins de la presser. J'avais déjà attendu plusieurs mois, je pouvais attendre encore quelques secondes.

— Croissants ou pains au chocolat ? demandai-je, finalement.

Je n'eus pas le temps d'entendre sa réponse. Une main se posa brutalement sur mon épaule et, l'instant suivant, mon dos heurta lourdement le gazon humide. J'étouffai un cri de surprise, tentant de me redresser mais la douleur me clouait au sol. J'entendis un grognement de colère, puis la voix paniquée d'Emma, avant de sentir une douleur si fulgurante sur mon crâne qu'un voile noir couvrit mes yeux. Je sifflai de souffrance puis devinai un nouveau coup sur ma mâchoire.

Le baiser d'Emma était déjà loin, remplacé par le

goût métallique de mon sang. Le désir s'était envolé, terrassé par la douleur.

Peu importait les coups, ma tête qui vrillait ou mon corps endolori, je souriai. J'avais eu mon vœu. Pendant quelques secondes, « nous » avions existé.

Désormais, je pouvais vraiment y croire.

Chapitre 3

— Ce mec était une brute ! s'exclama Hélène en tirant la porte du café.

— Ex-copain... J'ai fini avec quelques bleus et cette fameuse cicatrice.

Je remontai le col de mon manteau sur mon cou tandis qu'Hélène fouillait dans ses poches pour en sortir un bonnet. Elle le vissa sur sa tête, vérifiant que toute sa chevelure était bien emprisonnée à l'intérieur, avant de nouer la ceinture de son imper. Je levai les yeux vers le ciel parisien ; la pluie avait laissé place à une bruine grisâtre et triste. Nous aurions sûrement dû nous engouffrer dans le métro pour nous abriter, mais Hélène avait toujours aimé marcher, en particulier quand il faisait mauvais.

— Dis-moi au moins qu'elle t'a rappelé le lendemain ?

— Je n'étais qu'un minable caissier, et il était médecin. Je ne partais pas avec la meilleure main.

Hélène grimaça de désapprobation, avant d'enrouler son bras autour du mien, en guise de soutien. Je lui adressai un sourire en remerciement. Bastien et Hélène n'avaient jamais pris parti pour Emma ou pour moi. Ils avaient été les témoins involontaires de notre histoire, se contentant de commenter chacune de nos retrouvailles en essayant de me conseiller au mieux.

— Tu aurais pu l'avoir au bluff, reprit Hélène en riant.

— Je voulais l'avoir pour de vrai. Je ne crois pas que je la méritais à l'époque. Où veux-tu qu'on aille ?

— Si tu me montrais ton super appartement parisien de rock star de la photo ?

— Et ton cours de salsa ?

— J'irai une prochaine fois. J'ai une bien meilleure idée.

Je lui lançai un regard soupçonneux. Pour toute réponse, Hélène me fit un clin d'œil, avant de désigner un supermarché sur notre droite. Je poussai un soupir à fendre l'âme, devinant maintenant ses intentions diaboliques.

— Non, dis-je, aussi fermement que possible.

— Regarde-nous : nous sommes deux vieux amis en pleine séance de retrouvailles, quoi de mieux que de dîner ensemble ce soir ?

— Je commanderai des pizzas.

— Hors de question ! Toi et moi, on va cuisiner, et ensuite tu me montreras les photos que tu caches parce que tu les trouves affreuses alors qu'elles sont sublimes.

— Hélène, la dernière fois que j'ai cuisiné, tu sais comment cela a fini ?

— Aux urgences, je sais. Un détail, je t'assure. Je te superviserai, promit-elle.

— Est-ce qu'un homme t'a déjà dit non ?

— Je ne leur laisse jamais cette possibilité ! Allez, viens, tu mérites un bon petit plat maison, du vin et un dessert culpabilisant.

— Tu sais que tu ne trouveras aucun fruit de mer dans ce magasin ?

— Ce qui va donc vraiment minimiser le risque de blessure. On va improviser !

L'instant suivant, elle m'entraînait en direction du supermarché, et je me retrouvai à tirer un panier à roulettes derrière moi. Je suivis Hélène, loin d'être rassuré : chez elle, la cuisine était synonyme d'improvisation et d'expérimentation. Alors qu'elle passait son temps à côtoyer des cuisiniers dans le cadre de son métier, ses cuissons étaient souvent hasardeuses, les pesées inexistantes et sa technique d'ouverture des huîtres laissait franchement à désirer. À ce seul souvenir, la cicatrice dans le creux de ma main se réveilla et me tira une grimace.

— J'imagine que ton frigo est vide ? me demanda-t-elle en jetant une bouteille de ketchup dans le panier.

— J'ai quelques trucs...

— Du genre ? Yaourts abandonnés ? Lait périmé ?

Elle n'attendit même pas que je confirme et se contenta de hocher la tête, avant de slalomer dans les rayons. En quelques minutes, le panier était rempli, et je me retrouvai à la caisse du supermarché, m'inquiétant vaguement de la taille de mon réfrigérateur. En vingt minutes, Hélène avait réussi à me faire remplir et porter deux grands sacs de courses.

Ce n'était plus de la conviction, mais de l'envoûtement.

— Tu te rends compte que tu pourrais dominer le monde ? lui demandai-je alors qu'elle tâtonnait dans mes poches pour retrouver mes clés.

Je me collai au mur de l'immeuble, cherchant à me protéger de la pluie. Nous avions marché d'un pas vif entre le supermarché et mon appartement, et mes mains, cisaillées par les sacs, menaçaient de s'embraser de douleur.

Détail qui venait me confirmer qu'Hélène pouvait régner sur cette planète et nous y faire faire n'importe quoi, sans provoquer une once de rébellion.

— Ça fait justement partie de mes projets, répondit-elle, énigmatique.

Elle glissa la main dans la poche intérieure de mon manteau, dénichant enfin mon trousseau.

Elle me fit un petit sourire triomphant, avant de déverrouiller la double porte en fer forgé et verre et de franchir le seuil.

L'entrée donnait directement sur la cuisine, presque entièrement blanche, à l'exclusion des plans de travail gris foncé. Hélène siffla d'admiration, posant ses yeux un peu partout, examinant le moindre détail de la pièce, avant de se tourner vers moi, les poings contre les hanches.

— Carrément ? fit-elle.

— Je n'ai pas choisi l'appartement, me défendis-je en posant les sacs sur l'îlot central.

— Ce n'est pas le problème, répondit-elle en tournant sur elle-même, exaspéré par ma réponse. Visiblement, tu es assez connu pour mériter un truc de ce genre et…

Elle se dirigea vers le salon, séparé de la cuisine par une verrière, et comme elle l'avait fait quelques instants auparavant, elle tourna sur elle-même, admirant la pièce baignée par la lumière du jour.

— Tu as un patio ? s'exclama-t-elle.

— L'appartement a un patio.

— Et des plantes ?

— Et des plantes, confirmai-je en souriant.

Je rangeai nos achats méticuleusement, observant Hélène et son visage émerveillé du coin de l'œil. Je l'entendais s'enthousiasmer pour un meuble ou un objet de déco. Elle alluma l'un des halogènes, près de la grande table à manger en bois brut.

— Tu veux boire quelque chose ? proposai-je d'une voix forte, tout en continuant de remplir le réfrigérateur.

— Ça ira. Si tu venais plutôt pou…

Sa voix s'éteignit brutalement. Je pivotai dans sa direction, remarquant son visage figé et son teint blême. J'abandonnai sur le plan de travail la bouteille de vin que je m'apprêtais à ouvrir et la rejoignis. Je compris la raison de son silence soudain en remarquant la multitude de photos étalées sur la table et le sol du salon.

— Je vais ranger, proposai-je, mal à l'aise.

Aussitôt, Hélène lança son bras droit vers moi pour m'arrêter. Un silence pesant s'installa dans l'appartement, tandis qu'Hélène détaillait chaque cliché.

— C'était pour l'expo, expliquai-je. Liliana voulait d'anciennes photos et…

— Elles sont sublimes, murmura-t-elle.

— Elles datent.

— Je sais. Mais… Mais elles recèlent plein de souvenirs. Des bons, comme des moins bons.

Elle s'agenouilla et fit doucement glisser les photos les unes sur les autres pour toutes les détailler. C'étaient mes premiers clichés : essentiellement des événements familiaux et des nouveau-nés de la maternité. Aussi, quand Liliana m'avait indiqué qu'elle voulait un extrait de mes premières œuvres pour l'intégrer à la rétrospective, j'avais ressorti ces vieilles archives. Devant nous s'étalaient nos vieux souvenirs, le sourire de Bastien, les yeux pétillants d'Emma, l'alliance en très gros plan d'Hélène, les mains jointes des parents d'Emma, les décorations du nouvel an, le reste d'un gâteau écrasé au sol, une des plages que j'avais fréquentée plus jeune avec Bastien, la pièce montée de son mariage. Chaque détail nous catapultait dans le passé.

— C'est vrai, des tonnes de souvenirs, approuvai-je, en m'installant au côté de mon amie.

— L'anniversaire de mariage de ses parents ? m'interrogea-t-elle, en désignant une photo d'Emma.

Je hochai la tête, refoulant un souvenir amer. Derrière les détails heureux de chaque photo, il y avait parfois une tristesse diffuse. Emma avait passé son temps à traverser ma vie, ne s'y arrêtant que pour mieux disparaître ensuite. Mais, à chaque rencontre, elle avait laissé sa trace, comme autant de cicatrices invisibles et tenaces.

— Tu crois qu'on sera invité pour les 40 ans ? m'interrogea Hélène dans un rire.

— Je n'étais pas invité, j'étais embauché comme photographe.

— Bon sang, je ne me souvenais même pas de ça !

— J'ai pris des tas de photos ce jour-là. J'en ai

montré certaines aux parents d'Emma et j'en ai gardé d'autres. En particulier toutes celles prisent après 21 heures.

Le regard d'Hélène s'attarda sur un des clichés. Elle apparaissait hilare, trempée jusqu'aux os, ses cheveux mouillés jetés en arrière, ses jambes submergées par une vague. Derrière elle se tenait Bastien, les bras autour de sa taille, le visage niché dans le cou de sa femme. Sur leur droite, Emma rayonnait et arborait un large sourire, pendant qu'elle lançait son pied en avant pour les éclabousser.

— Tu peux la garder, si tu veux, proposai-je.

— Je n'ai pas besoin de photo pour me rappeler cette époque.

Hélène avait les yeux humides et se pinçait les lèvres. Je n'avais aucune idée de comment elle parvenait à faire face à tous ces souvenirs sans se laisser submerger. Hélène tenait, forte, courageuse et sans aucune amertume. Je l'admirais d'autant plus que j'étais incapable de penser à Bastien sans me laisser aller à quelques larmes et un accès de tristesse, suivi immédiatement par une bouffée de colère. Bastien me manquait, il était à la fois mon cousin, mon meilleur ami, l'équivalent d'un frère. Je trouvais la situation injuste et, malgré le temps qui était passé, je n'arrivais pas à accepter sa disparition.

— Je sais, répondis-je. C'est juste qu'elle est plus à toi qu'à moi. C'est toi la star sur la photo !

— La star ? Arrête, je suis trempée jusqu'aux os, et mon mascara coule sur mes joues. Je ne suis pas celle qui a eu l'idée d'aller dans l'eau alors qu'il allait faire nuit !

Ses yeux se reposèrent sur la photo, et elle poussa un soupir presque inaudible en fixant Bastien.

— Tu veux que je te remémore l'histoire ? s'amusa-t-elle.

Je savais exactement comment nous étions arrivés sur cette plage, je me souvenais d'Emma nous défiant d'aller dans l'eau et de Bastien ronchonnant contre cette idée saugrenue. Chaque détail, du bruit des vagues au parfum de sel, était incrusté dans ma mémoire. J'aurais été capable de raconter cette histoire un millier de fois avec le même plaisir.

Mais je savais aussi que la version d'Hélène devait différer de la mienne. Parce que, dans mon histoire, Emma tenait toujours le premier rôle.

— Je vais nous servir du vin, et ensuite tu me racontes, répondis-je en me redressant.

Quelques instants plus tard, je retrouvai Hélène, toujours assise au sol, triturant pensivement l'alliance à son doigt. Je lui tendis son verre et me réinstallai près d'elle, prêt à l'écouter.

— C'était une idée d'Emma, commença-t-elle.

— Le bain de mer ?

— La fuite. On devait dîner avec ses parents et sa famille. Il y avait cette musique ringarde, et tous ces gens qui disaient à Emma qu'elle serait la prochaine à se marier et qu'ils lui souhaitaient le même bonheur qu'à ses parents.

J'avais sciemment enterré ce détail. Ce jour-là, j'avais appris qu'Emma était fiancée et qu'elle allait donc se marier, mais j'avais choisi d'ignorer toutes ces personnes qui ne connaissaient pas notre histoire et la félicitaient à chaque instant. La voir sourire et les remercier me donnait la sensation de prendre une pluie de coups sans pouvoir riposter.

— Son fiancé est arrivé tardivement, et les parents d'Emma ont tenu à annoncer la nouvelle de leurs fiançailles juste avant le dîner.

Je hochai la tête, ravalant l'amertume qui tapissait le fond de ma gorge. J'avais détesté chaque seconde de ce discours sur l'amour véritable, le mariage et le lien inaltérable qui allait unir Emma à cet homme.

Je me souvenais particulièrement du regard intense que nous avions échangé, et de mon espoir qu'elle comprenne qu'elle commettait une erreur. Son large sourire s'était progressivement fané, et ses yeux si brillants habituellement s'étaient assombris.

— J'avais quitté la salle de réception, intervins-je, d'une voix rauque.

Hélène pivota vers moi et secoua la tête. J'avais effectivement abandonné le discours juste avant la fin, incapable d'en supporter plus. Je savais maintenant que mes souvenirs et ceux d'Hélène allaient prendre deux chemins différents.

— On a pris nos places autour de cette grande table et Stéphane, le fiancé d'Emma, est resté parler à ses futurs beaux-parents. Emma nous a rejoints et nous a suppliés de la suivre, expliqua Hélène. Je n'ai pas posé de question, j'ai couru après elle, alors qu'elle sortait de la salle. Je pense maintenant qu'elle te cherchait peut-être.

— Emma ne me cherche jamais, rectifiai-je, amer. On finit par se trouver.

— C'est romantique, souligna Hélène.

— Ça se discute.

— En tout cas, elle voulait quitter cet endroit sans attendre. Je lui ai suggéré d'aller sur la plage, et elle a hoché la tête en disant qu'elle n'y avait que de bons souvenirs, et nous sommes partis.

— Et Bastien vous a suivies ?

— Bastien détestait les repas de famille. Il aurait pris n'importe quel prétexte pour partir au plus vite. Tu étais déjà sur la plage ?

— En effet.

— Tu savais que nous y allions ?

— Non, je cherchais juste un endroit pour m'isoler. Heureux hasard ! répondis-je dans un sourire.

À nouveau, Hélène secoua la tête. Elle avait sa version de l'histoire, et j'avais la mienne, influencée par mes rencontres et discussions avec Emma. Maintenant que je découvrais l'intégralité de l'histoire de cette photo, je chérissais encore plus cette plage.

— Donc, une fois sur place, Emma t'a vu assis dans le sable, et on t'a rejoint. Ça m'a semblé si normal, sur l'instant. Avec le recul… Je crois vraiment qu'elle te cherchait.

Je secouai la tête, incrédule. Je restai persuadé que ce n'était pas moi qu'Emma cherchait. Au mieux, elle était en quête de liberté ou d'une respiration. C'était ce qu'elle aimait avant toute chose : son indépendance farouche et sa liberté acharnée. Le hasard nous avait réunis tous les deux sur cette place. Le hasard, comme souvent, et rien de plus, comme toujours.

— Si ça peut conforter ton romantisme exacerbé !

— Ensuite, on a parlé, c'est ça ?

— Bastien a râlé parce que vous étiez partis sans même voler une bouteille !

— Ah oui, c'est vrai.

Hélène laissa échapper un rire, rassemblant ses souvenirs morcelés. L'émotion des minutes précédentes laissa place à une nostalgie plus douce. Nous étions désormais tous deux propulsés sur cette plage, bercés par les embruns et tout à fait inconscients de ce que l'avenir nous réservait.

— Bastien râlait tout le temps, dit Hélène dans un sourire.

— En effet. Ça faisait son charme. Je n'ai jamais rencontré un mec à la fois aussi adorable et aussi ronchon. Et tu as accepté de l'épouser...

— La meilleure décision de ma vie. Même aujourd'hui je n'ai aucun regret.

Hélène reprit la photo entre ses mains et pointa Emma de l'index. Elle tenait la coupable, celle qui avait instigué ce bain improvisé tandis que ses parents célébraient des années de vie commune et de mariage réussi.

— Elle est rentrée dans l'eau la première et nous a défiés de la suivre. Et on l'a fait.

— Vous l'avez fait ! Je suis resté au sec, sur le sable, à prendre cette photo. Bastien pestait que l'eau était trop froide, Emma riait aux éclats et, toi, tu tentais de résister à la force des vagues.

— Tu devrais exposer cette photo, Tristan. Elle dit tellement de choses sur toi, sur la manière dont tu ressens les choses et les captures avec ton appareil.

Hélène se releva, prenant son verre à la main et me laissant avec mes souvenirs. Emma me manquait. Ce n'était pas un sentiment nouveau, mais parler d'elle avec Hélène m'avait fait prendre conscience d'à quel point je la voulais près de moi. Je me rendais compte que nous avions passé les dernières années à jouer au chat et à la souris. Emma ne me cherchait pas, j'en étais certain ; je pouvais essayer de croire à un « nous » à m'en faire mal, mais je comprenais maintenant que j'étais le seul à courir derrière notre histoire.

Peut-être qu'il était temps de tourner la page.

1
13 février 2010
2
Le jour où je l'ai embrassée
31 décembre 2010
3
Le jour où elle m'a embrassé
4 février 2012
4
Le jour où on est devenus amis
20 août 2012
5
13 août 2014
6
10 janvier 2015
7
2 février 2016
8
2018

Le jour où on est devenus amis
20 août 2012

J'arrivai sur le quai de la gare à bout de souffle. J'avais dû courir dans les couloirs du métro, puis grimper la floppée d'escaliers à toute vitesse pour avoir une chance d'être à l'heure pour le train que j'avais réservé à peine une heure plus tôt.

Je sortis mon billet de ma poche, vérifiant le numéro de ma place, longeant le train à toute allure. J'avais rarement l'occasion de passer une semaine au soleil gratuitement alors, quand une vieille connaissance m'avait proposé ce séjour à Nice à la dernière minute, je n'avais pas hésité. J'arrivai finalement à hauteur de ma voiture, grimpai les trois marches d'un seul bond et remontai l'allée de sièges, trouvant la place 86 occupée par un sac de voyage.

— Excusez-moi, je peux m'asseoir ?

Les portes du train se fermèrent, et le train se mit en mouvement. Sans attendre, je glissai mon sac sous le siège, prenant soin de sortir mon téléphone et un livre que j'avais exhumé in-extremis de sous mon lit avant de partir.

— J'envisage sérieusement de me mettre aux jeux de hasard, fit une voix féminine alors que je vérifiai mes messages.

Je relevai les yeux en souriant. Cette voix, je l'aurais reconnue entre mille. Emma était assise de l'autre côté de l'allée, une bouteille d'eau à la main et un petit sourire aux lèvres. De l'index, elle désigna la place libre près d'elle, m'invitant silencieusement à m'asseoir. Je ravalai ma stupéfaction en quelques instants et remerciai ma bonne étoile. Je n'avais pas vu Emma depuis le baiser qu'elle m'avait volé devant chez elle. Elle n'avait donné aucun signe de vie, me laissant frustré et avec une quantité de questions sans réponses. Me retrouver avec elle, dans ce train, pendant plusieurs heures, sans qu'elle puisse prendre la fuite était inespéré.

— Tu vas dans le sud ? lui demandai-je, sans masquer mon étonnement.

— J'ai quelques jours de vacances.

— Je pensais que ta famille était en Bretagne ?

— Mes parents ont une maison dans l'arrière-pays niçois et j'ai besoin d'un peu de dépaysement. Et, toi, quelle est ton excuse ?

— On m'a proposé de passer une semaine au soleil dans une villa de rêve et sans débourser un centime.

— Accompagné, j'imagine ? demanda Emma en levant les yeux au ciel.

— En effet.

— Bastien m'a dit que tu enchaînais les conquêtes. J'ai tendance à croire que c'est grâce à moi.

Je pivotai vers elle, abandonnant déjà l'idée de plonger dans mon livre. Je voyais d'autres femmes, c'était un fait. Mes sentiments pour Emma étaient toujours présents et toujours aussi forts, ces femmes n'étaient que des distractions stupides. Même si Emma m'avait laissé un petit espoir, il avait été aussi éphémère que ce cœur tracé dans la buée. Qu'elle soit un peu jalouse me tira un sourire. Cela prouvait que je ne la laissais pas insensible.

— Je pensais naïvement que c'était mon charme incroyable et mon sourire ravageur qui faisaient la majorité du travail, arguai-je.

— Ton charme incroyable, ton sourire ravageur... Et ton ego surdimensionné ?

— Qu'y puis-je si je plais ?

— Tu joues de ton aura d'artiste photographe. Ça attire les femmes comme le sucre attire les insectes. Et ça, continua-t-elle alors que je laissai échapper un rire, c'est effectivement grâce à mon don de persuasion. Sans moi, tu ne serais pas photographe.

— Emma, je photographie des bébés et des jeunes mariés. On est assez loin de l'image de l'artiste à succès.

— Peut-être mais, ça, elles ne le savent pas !

Elle reprit une gorgée d'eau, avant de reporter son attention sur le paysage qui défilait trop vite par la fenêtre. Je détaillai son profil : la ligne parfaite de son nez, ses lèvres roses et pleines, ses grands cils qui sublimaient son regard et sa longue chevelure châtain, maintenue dans une pince qui révélait sa nuque.

Cela faisait plus de six mois que nous ne nous étions pas vus.

Six mois depuis sa cheville blessée et notre rencontre fortuite à l'hôpital.

Six mois depuis notre dernier baiser volé en pleine nuit, dans un vent glacial, devant chez elle. Bien que fugace, mon corps en avait gardé un souvenir précieux et inaltérable.

— Et tes cours de salsa ? l'interrogeai-je pour changer de sujet.

— J'ai abandonné. Le travail me prenait trop de temps et… Disons que je n'ai pas le sens du rythme.

— Ta cheville va mieux ?

Elle se contenta de hocher la tête, comme si elle craignait d'en dire trop. Quand son regard noisette retrouva le mien, je remarquai qu'il n'avait pas son éclat habituel. Un voile de tristesse voilait ses iris.

— Est-ce que la pédiatrie ne te convient plus ? insistai-je. Je sais que tu avais des doutes, mais…

— En fait, j'ai rencontré quelqu'un, lâcha-t-elle à brûle pourpoint.

— Tu es au courant que ce n'est pas censé te rendre triste ?

— Et… Je crois qu'il voudrait que ce soit sérieux.

Son aveu me coupa le souffle. Je savais qu'Emma et moi n'étions qu'amis – en fait, non : je n'aurais même pas su définir exactement ce qui nous liait et ce que nous étions. Je l'aimais, j'en étais certain, même si nous ne nous étions vus que trois fois. J'étais aussi certain que nous manquions nos rendez-vous : le hasard faisait son œuvre, la vie, encore plus.

Je restai muet, imaginant déjà la suite de notre conversation et de son histoire.

— C'est pour cette raison que je vais dans le sud. J'ai besoin de réfléchir à tout ça.

Elle risqua un petit sourire, avant de secouer la tête.

— Je n'arrive pas à croire que je te croise à ce moment-là, ajouta-t-elle dans un murmure.

— Nous avons peut-être un destin…

— Oui et, à chaque fois, tu ne fais rien pour m'aider.

— Nos rencontres te perturbent autant ?

J'étais prêt à tout pour lui soutirer des informations. Si ma présence la déstabilisait, je voulais en connaître les raisons profondes, si j'avais la moindre chance, je souhaitais l'exploiter.

— Je ne sais pas vraiment. Mais tu as le don de surgir à des instants importants de ma vie.

— Et cet homme, tu l'as rencontré comment ?

— Oh ! eh bien c'était mon kiné. Pour ma cheville. Nous travaillons dans le même hôpital, et il a fini par m'inviter à dîner.

— Je croyais que ton travail était ta priorité, qu'il n'y avait pas la place pour autre chose ? lui fis-je remarquer, un peu acerbe.

— Je ne sais pas. Ça s'est fait au fur et à mesure. On s'est vus régulièrement et… Pourquoi tu souris ?

— Je ne souris pas.

— Tu souris. Je le vois. Même si tes lèvres ne bougent pas, tu as un éclat dans le regard qui me fait dire que tu souris. Est-ce que… Tu es en train de te foutre de moi ?

— De toi, non ! De lui, en revanche, oui.

Je ravalai difficilement un rire. Emma ne comprenait pas l'ironie de son histoire. Peut-être parce qu'elle n'avait aucune idée de la façon dont je percevais les choses. Elle méritait bien mieux que de la banalité, mieux que la vie normale, mieux qu'une rencontre avec un collègue qui avait tourné, presque malgré elle, en une relation amoureuse.

— Je ne vois pas ce qui est si drôle, reprit-elle, mécontente, avant de croiser les bras sur sa poitrine.

— Il est médecin.

— Et ?

— Ton ex aussi était médecin, non ?

— Je passe plus de quinze heures par jour dans un hôpital : soit je sors avec quelqu'un qui y travaille, soit je drague un jeune père de famille trop fatigué pour voir que mes cernes sont plus profonds que les siens.

— Emma, il t'a invitée à dîner alors que ça fait deux ans et demi que j'essaye de te convaincre de prendre le petit déjeuner avec moi.

— Et ?

— Je ne veux pas d'un ou deux dîners, histoire de te séduire et de te faire des promesses. Je veux tous les petits déjeuners de ta vie, Emma. Je veux te voir chaque matin, avec tes cheveux emmêlés et tes yeux pétillants. Je préfère commencer par la fin de l'histoire car je ne veux pas perdre une seule minute passée avec toi en prenant le temps d'y aller doucement.

— Tristan...

— Tu tombes dans la facilité. Tu mérites de l'extraordinaire et tu cèdes à un kiné que tu as croisé au gré de ta rééducation.

— Parce que, d'après toi, je devrais céder à un photographe que j'ai vu... trois fois ?

— Tu n'as pas nié que nous avions un destin ensemble !

— Je crois que tu es juste jaloux !

— Évidemment que je le suis. Il a la femme que je ne peux pas avoir.

— Et de toute façon, personne ne commence par la fin de l'histoire.

— Si. Quand on est certain qu'elle finit bien.

— Oh ! donc notre histoire finit bien ?

— Bien sûr. J'en suis convaincu depuis le début.

Emma me fixa, stupéfaite. Elle ouvrit la bouche, prête à répondre, mais aucun son n'en sortit. Elle passa une main sur son visage, comme si elle était soudainement lasse de réfléchir à notre relation.

— Tu as une telle conviction, murmura-t-elle.

— Assez forte pour nous deux.

— Tristan, tu plais aux femmes. Tu peux avoir celles que tu veux. D'ailleurs, si j'en crois Bastien, tu les as, souligna-t-elle dans un sourire. Tu ne fais juste rien pour les retenir.

— C'est l'inverse : ce sont elles qui ne me retiennent pas. Elles devinent très vite que mon cœur est à une autre.

À nouveau, Emma planta son regard dans le mien. J'y décelai encore ce voile d'amertume, réhaussé maintenant d'une pointe sombre de tristesse. Elle tapota ses yeux, effaçant les larmes qui les bordaient. Elle semblait perdue, encore plus peut-être que lors de ce réveillon chez Bastien et Hélène. Je détestai la voir ainsi, si vulnérable et désorientée. Une part de moi culpabilisait car je savais qu'en lui avouant ainsi mes sentiments je contribuais à sa confusion ; une autre se réjouissait de la perturber autant et de la croiser à un moment visiblement charnière de sa relation.

J'aurais tout donné pour retrouver la Emma confiante et irrésistible du jour de notre rencontre.

— J'ai vraiment besoin de vacances, conclut-elle finalement dans un soupir. Qu'est-ce que tu lis ?

Elle s'empara de mon roman et grimaça en découvrant qu'il s'agissait d'un thriller.

— Trop de sang. Ça risque de me rappeler le travail. Je ne pensais pas que tu lisais ce genre de truc.

— On progresse : tu penses donc à ce que je lis ?

— Je sais maintenant comment tu séduis toutes ces femmes. C'est comme un jeu, non ? Tu prends n'importe quelle phrase et tu en fais une arme de séduction massive.

Elle rit à nouveau et, au même instant, je pris conscience qu'Emma, elle, demeurait hermétique à toutes mes tentatives de séduction.

— Certaines résistent, dis-je. Et d'autres sont juste inaccessibles.

— De ce que j'ai vu, tu n'es pas le genre de type à abandonner.

— Pas quand j'y crois.

Elle se contenta de sourire et, pour la première fois depuis le début de notre conversation, je décelai une lueur dans son regard. Sans le savoir, elle venait de me donner la seule bonne raison de ne pas abandonner. Pour ce regard, j'aurais été capable de tout.

— Je vais essayer de dormir, dit-elle en se servant de sa veste en oreiller improvisé. On se reparle à l'arrivée ?

Je hochai la tête et, après l'avoir regardée plonger dans un demi-sommeil, je parvins à somnoler à mon tour.

À mon réveil, je sursautai en entendant une des annonces nasillardes du contrôleur.

— Bien dormi ? m'interrogea Emma.

— Pas vraiment. Et toi ?

— Pas vraiment. On arrive dans cinq minutes.

Elle me tendit mon livre, me signifiant ainsi qu'il était temps de nous préparer à sortir. La parenthèse entre nous allait se refermer. Nous rassemblâmes nos affaires et attendîmes que la rame s'immobilise. Nous échangeâmes plusieurs regards, partageant visiblement les mêmes sentiments doux-amers. Le plaisir de ces retrouvailles imprévues le disputait dorénavant à la déception de se séparer sur le quai.

Les portes s'ouvrirent bien trop tôt sans que j'ai trouvé le moyen de retenir Emma. Elle descendit les marches rapidement, coinçant la sangle de son sac de voyage sur son épaule. Mon livre à la main, je l'imitai quelques secondes plus tard, la rejoignant sur le quai. Face à face, nous nous toisâmes, incapables de nous dire au revoir.

— Si tu en as envie, pendant ces vacances, on peut se voir autour d'un petit déjeuner, proposai-je.

L'ombre d'un sourire entendu flotta sur ses lèvres. C'était presque rassurant : nous avions toujours ce même rituel.

— Et je te retirerais des bras de la femme qui t'a fait venir ici ?

— Je suis prêt à tous les sacrifices. Croissants et café ?

— Toasts et jus d'orange. Il faut que je te laisse, un taxi m'attend normalement.

Elle avança vers moi et déposa un baiser furtif sur ma joue. Son parfum m'enveloppa une courte seconde, avant de s'évaporer, comme à chaque fois. Je parvins à la retenir par la main et à planter mon regard dans le sien ; j'avais un millier de choses à lui dire et un millier de choses à lui avouer, mais même si les mots se bousculaient dans ma tête, aucun ne parvenait à franchir mes lèvres.

— On peut devenir amis, murmura-t-elle finalement.

— C'est ça que tu veux ?

— Je ne sais pas ce que je veux. Mais ça peut être un début.

Elle s'approcha plus près de moi encore, et tous les muscles de mon corps se tendirent. J'avais envie de la supplier de rester. Mais, dès que cette idée m'effleura, je revins aussitôt à la raison : je ne voulais pas qu'elle reste pour moi, je voulais qu'elle reste pour elle, parce qu'elle était enfin convaincue que je pouvais la rendre heureuse.

— Je ne veux pas de début, lui rappelai-je.

— Pour le moment, c'est tout ce que je peux t'offrir, Tristan.

Je resserrai ma main autour de la sienne, refoulant

difficilement l'envie de l'embrasser. Sur ce quai, dans cette gare, nous aurions pu prendre la fuite, nous aurions pu nous offrir quelques jours à l'abri des regards, loin du monde et des autres. Nous aurions été seuls et heureux.

— Il a de la chance, murmurai-je.

— On se reverra certainement, on fait ça plutôt bien, non ?

— C'est vrai, reconnus-je en souriant.

— Un jour…

— … peut-être.

À mon tour, je déposai un baiser sur sa joue, les yeux clos, m'enivrant encore de son parfum et de sa présence. Elle dégagea sa main de la mienne, avant de reculer. Puis elle tourna les talons et se dirigea vers la gare. Je poussai un soupir, voyant que j'avais gardé mon livre à la main. Machinalement, j'ouvris la première page et, en une seconde, ma morosité se dissipa.

Comme elle l'avait fait quelques mois auparavant, Emma avait laissé une trace de son passage dans ma vie. Au stylo bleu, elle avait dessiné un cœur impeccable, harmonieux et plein de promesses. Un sourire s'étira sur mes lèvres, et je secouai la tête, partagé entre dépit et espoir.

L'espoir, c'était mieux que rien.

Chapitre 4

Je me relevai péniblement du sol, encore englué dans mes souvenirs. Regarder toutes ces photos m'avait fait replonger dans le passé et, invariablement, je cherchais l'instant précis où je l'avais définitivement perdue.

Au fond, peut-être que je ne l'avais jamais vraiment eue.

Même quand elle avait enfin fait partie de ma vie, je savais qu'Emma était toujours sur la brèche, prête à prendre la fuite. La garder près de moi requérait de décupler mes efforts. Je me demandais maintenant si elle avait été vraiment impliquée dans cette relation, si elle y avait cru autant que moi. Je me voilais sûrement la face depuis des années et, avec le recul, j'avais une sensation de gâchis. J'avais perdu mon temps à croire à une histoire que j'étais le seul à attendre : je le savais depuis longtemps, mais ce soir, devant ses photos, cela me sautait cruellement aux yeux.

Je rejoignis Hélène dans la cuisine, prêt à l'aider pour me changer les idées. Elle découpait méticuleusement des courgettes en lanières et pivota en m'entendant entrer dans la pièce.

— J'aimerais que tu la gardes, dis-je en lui tendant la photo de la plage.

— Tristan, je t'assure que…

— S'il te plaît. C'est plus ton souvenir que le mien. Elle te revient. Même si je sais que tu n'as pas besoin de cette photo pour te le rappeler.

Hélène finit par abdiquer, prenant la photo entre ses mains. Elle esquissa un bref sourire qui chassa les quelques nuages de tristesse installés dans son regard. Puis elle posa le cliché sur le plan de travail et désigna la cuisine.

— Avoue que tu n'as jamais cuisiné dans cet appartement ! Et avant de répondre, sache que réchauffer des pizzas ou découper un morceau de fromage n'entrent pas en compte.

— J'ai dû faire un ou deux trucs, éludai-je.

Elle se retourna et reprit sa tâche, sortant maintenant des carottes et des tomates d'un sachet en papier.

— Il y a encore les étiquettes sur les ustensiles, Tristan, répondit-elle aussitôt en agitant le couteau qu'elle avait à la main.

— Je ne vis pas réellement ici, tu sais.

— Qu'est-ce qui t'en empêche ? De vivre vraiment à Paris, je veux dire. Ça te ferait un point de chute, un endroit où on est à peu près certain de te trouver !

— Tu veux uniquement que j'achète ce loft pour pouvoir squatter le patio au moindre rayon de soleil ! lui fis-je remarquer.

— Puisque tu le proposes, dit-elle.

Je m'appuyai contre l'îlot central, observant Hélène du coin de l'œil. Je n'avais pas vraiment de « chez moi ». Je passais mon temps à aller et venir d'un bout à l'autre de l'Europe. Je commençais mes semaines à Bruxelles et les finissais à Madrid, sans état d'âme. J'avais l'habitude des chambres d'hôtels et des aéroports au petit matin.

— J'aime l'idée de n'avoir aucune attache, dis-je finalement.

— Tu as des attaches, Tristan. Ta mère, moi. Emma. Que des femmes !

— Ma mère va très bien et a une vie sociale plus riche que la mienne. Toi… c'est toi qui es toujours présente d'une manière ou d'une autre, Hélène, alors même que j'avais promis d'être plus proche de toi, après la mort de Bastien. Quant à Emma, comme tu l'as souligné tout à l'heure, je n'ai pas la moindre idée de ce qu'elle fait actuellement ni avec qui.

— Tristan, tu…

— Non.

— Non ?

— Emma appartient à mon passé, Hélène. Un passé sympa, chouette, animé où nous avons eu notre chance, mais désormais, elle n'est plus que ça : un beau souvenir. Je te ressers du vin ?

Je lui tournai le dos aussitôt. Pendant des années, j'avais camouflé cette vérité douloureuse. J'y avais cru, envers et contre tout, je m'étais accroché à une idée, qui relevait maintenant plus du fantasme. J'avais idéalisé Emma. Bastien avait tenté de m'ouvrir les yeux, Hélène l'avait encore fait dans le café. Je ne pouvais plus être le doux rêveur patient et à l'écoute, ça n'avait pas de sens. Je m'étais convaincu que le dire, annoncer avec confiance qu'Emma n'était plus qu'une ombre dans ma vie, suffirait à me soulager, que cela officialiserait la fin de notre histoire aux yeux de tous. Mais à la façon dont mon cœur réagissait, comme lacéré par un poignard, je savais que je me mentais.

— Tu ne crois pas ce que tu dis, Tristan.

— J'essaye d'y croire, Hélène. Histoire de tourner la page. Tu as dit toi-même que j'avais des œillères. Je me cachais de la vérité, sûrement parce que ça m'arrangeait. Et maintenant regarde… Ma vie est désertique. Ça ressemble à un désastre.

— Je n'ai jamais dit qu'il fallait que ça cesse.

— Il faut que ça cesse, assurai-je. Parce que aimer quelqu'un n'est pas censé faire aussi mal.

— C'est à moi que tu dis ça ?

Hélène haussa un sourcil, pendant qu'une vague de honte et d'embarras me submergeait. Faire du mal à Hélène était la dernière chose que je souhaitais et, même si ce n'était pas volontaire, je m'en voulais.

— Ce n'est pas ce que je voulais dire, murmurai-je.

— Je sais. Je sais que personne ne peut comprendre ce qui te lie à elle, mais si ça te fait encore mal c'est que, de toute évidence, tu l'aimes encore.

— Une part de moi l'aimera toujours. Pour autant, je ne peux pas être seul à vouloir quelque chose. Je ne veux plus être le seul.

— C'est vrai, admit Hélène.

— Donc, puisqu'elle ne veut plus me voir, ni même me croiser, je passe à autre chose.

Je tendis son verre rempli à Hélène et poussai un nouveau soupir, refoulant un début de migraine. Hélène me fixait, mais je ne parvins pas à soutenir son regard ; elle était mille fois plus forte que moi. J'avais baissé les bras et je n'en ressentais ni fierté, ni soulagement.

— On s'éloigne du sujet de base : toi achetant cet appartement !

Hélène parvint à me tirer un rire et à chasser mes idées sombres. J'admirais cette femme comme nulle autre.

— Je vais y réfléchir, éludai-je.

— En plus, il y a suffisamment de murs pour afficher un tas de photos. C'est idéal pour toi !

— Ça va peut-être te sembler bizarre, mais je ne suis pas le genre de mec qui aime vivre entouré de ses photos.

— Tu n'as aucune raison de jouer les modestes ! D'ailleurs cette rétrospective le prouve, non ?

— Elle n'est pas terminée.

— Comment ça ? Le vernissage est bien demain, non ?

— En effet. Mais il reste un emplacement encore à... habiller. Il y a mes premières photos, les plus connues, certaines très récentes, mais la dernière partie est censée exposer des photos plus intimes, voire privées. Je ne sais pas si je veux parler de ça... Ce ne sont que trois ou quatre photos, mais, c'est sûrement la sélection qui me demande le plus de travail.

Hélène resta silencieuse et porta son verre de vin à ses lèvres... J'aurais pu afficher les portraits des femmes qui avaient traversé ma vie furtivement : j'en avais suffisamment pour faire illusion et éviter de montrer ce qui me tenait vraiment à cœur. Parler d'Emma avec mon amie avait déjà réouvert des cicatrices ; je n'imaginais pas en discuter avec de parfaits inconnus, leur raconter que j'attendais depuis des années la femme dont j'étais amoureux.

— Viens avec moi, m'encouragea Hélène.

Elle saisit ma main et m'entraîna à sa suite dans l'immense salon, là où les photos étaient encore éparpillées au sol.

— Choisis, m'intima-t-elle.

— Quoi ?

— Choisis. Choisis ces photos et termine cette expo.

— Hélène...

— Tristan, je t'aime beaucoup. Je t'assure. Et c'est parce que je t'aime que je me retiens de te foutre mon pied aux fesses. Tu sais pourquoi tu joues les filles de l'air en permanence ? Pourquoi t'installer cet appartement te semble complètement saugrenu ?

Les questions d'Hélène étaient purement rhétoriques. Je savais déjà pourquoi j'agissais de la sorte. J'étais devenu un professionnel de la fuite en avant. Sauf que mon passé me collait aux chaussures parce que j'étais incapable d'oublier Emma.

— Tu vis dans le passé, Tristan. Tu as toute la vie devant toi : ta carrière, une vie amoureuse... Peut-être choisiras-tu de devenir père ? Tu n'as pas le droit de gâcher ta vie au nom de quelqu'un d'autre.

— Tu oserais vraiment me botter les fesses ?

— Si tu savais ! Tu as l'air amorphe. Au début, je pensais que tu étais juste triste, mais tu ressembles à un basset dépressif, alors que tu as tout pour être heureux. Je ne crois pas qu'Emma soit tombée amoureuse d'un mec au bout du rouleau.

Je me figeai. Certes, Emma et moi avions fini par vivre notre histoire, mais cela n'avait pas suffi. De son propre aveu, l'amour ne suffisait pas forcément.

— Peut-être, répliquai-je du bout des lèvres. Bastien et toi étiez faits l'un pour l'autre.

— C'est vrai. Et j'ai été heureuse avec lui. J'ai eu ma dose de tristesse, Tristan. Je sais ce que ça fait, je sais ce que c'est de se lever le matin en se demandant si on survivra à cette journée, je sais ce que c'est que le manque absolu et l'amour fou. Mais, maintenant, tu as deux possibilités.

— Deux ?

— Soit tu passes définitivement à autre chose, tu retrouves ton sourire ravageur et tu tombes amoureux d'une autre fille.

Je grimaçai, pas franchement convaincu par cette option. Pendant des années, j'avais cavalé de filles en filles, désireux de trouver des diversions. Je n'avais pas menti : c'étaient invariablement ces femmes qui me quittaient. Quelque part, cela m'arrangeait bien : la perspective de rouvrir mon cœur à une femme m'effrayait. Qui aurait voulu d'un cœur abimé et incomplet ? Et étais-je prêt à prendre le risque de le voir s'effriter à nouveau ?

— Soit tu retrouves ton sourire ravageur et tu l'appelles.

— Je l'appelle ? répétai-je, incrédule.

— Tu appelles Emma.

— Tu as son numéro ? demandai-je d'une voix blanche.

— J'ai son numéro.

Mes yeux naviguèrent sur les photos au sol. Il y avait un tas d'inconnus, pris en portrait ou à la volée. Hélène apparaissait sur les photos, la plupart du temps avec Bastien. Emma, elle, souriait largement, ses longs cheveux barrant partiellement son visage. L'appeler était tentant. Provoquer le destin. Chercher à la revoir. Tenter ma chance. Encore une fois.

Y croire, toujours.

Pourquoi était-ce maintenant que j'étais résolu à avancer que le destin m'offrait l'occasion de la retrouver ?

— En attendant que tu te décides, choisis les ultimes photos de ton exposition. Cellc-ci, par exemple, proposa-t-elle en désignant une photo d'un parfait inconnu.

— C'est un serveur.

— Un serveur ?

— Dans un café. Quand je travaillais à la maternité, la plupart du temps, j'attendais le soir que ma mère finisse son service. Il travaillait en nocturne pour aider sa fille à payer ses études. Oh ! et il était incollable sur la boxe, me rappelai-je dans un sourire. Du genre à connaître le déroulé de chaque match de Mohamed Ali.

— Et celle-ci ?

— Une parfaite inconnue. J'étais de l'autre côté du quai du métro, et elle parlait avec un ami en langue des signes. Je n'avais jamais vu un visage aussi expressif, ça m'a fasciné.

Un sourire nostalgique orna mes lèvres. Chaque photo avait son histoire que je connaissais par cœur. Je repoussai quelques clichés avant de m'arrêter sur une nouvelle photo de Bastien avec Hélène.

— Tu veux connaître l'histoire de celle-ci ? lui demandai-je.

Elle hocha la tête, les yeux rivés sur la photo. Elle ne l'avait probablement jamais vue, et la surprise brillait dans son regard. Nous échangeâmes un bref sourire, pendant qu'Hélène cherchait à rassembler ses souvenirs. J'expliquai :

— Ton anniversaire. Juste avant votre mariage.

Hélène prit le cliché entre ses mains, l'approchant de son visage pour mieux en observer les détails ; sur la photo, elle était adossée au torse de Bastien, dont le bras droit l'entourait avec tendresse. Au sourire heureux d'Hélène, on devinait qu'elle l'écoutait avec attention.

— Je ne l'avais jamais vue, murmura-t-elle.

— Dîner chez Bastien. Il avait préparé un gâteau au chocolat trop cuit, on avait bu du vin rouge hors de prix, et tu m'avais promis de me présenter une fille.

— Bastien avait passé la semaine à me chanter

« Joyeux anniversaire », se rappela Hélène. Ça me rendait dingue.

— Parce qu'il chantait faux ?

— Parce qu'il chantait juste. À cette époque, je lui cherchais encore des défauts, alors j'étais un peu déçue, dit-elle en riant.

Une bouffée de nostalgie nous étreignit, et nous restâmes silencieux, à contempler la photo. Je me demandais où était passé tout ce temps. J'avais voyagé, fait carrière, déambulé dans un tas de villes différentes et fréquenté des gens aux antipodes les uns des autres.

Malgré tout, j'aurais été incapable de dire ce que j'avais apprécié le plus dans tous mes voyages. J'avais des souvenirs de visites, de belles rencontres et de dépaysement mais, avec le recul, j'avais la sensation d'avoir vécu en apnée et à toute vitesse.

Malgré tout, tout me ramenait ici et, comme toujours, à elle. La gravité, la trajectoire, l'univers, Emma représentait tout pour moi.

— C'était Emma que je voulais te présenter, reprit Hélène.

— Je sais. Tu m'avais juste donné son prénom, en me disant qu'elle allait forcément me plaire.

— N'avais-je pas raison ? s'amusa Hélène.

— Elle m'a plu immédiatement. Ça persiste un peu d'ailleurs.

— Le jour de notre rencontre, j'ai détesté Bastien.

— C'est impossible ! Je ne l'ai jamais vu autrement qu'en train de te dévorer de yeux en permanence.

— Peut-être... Mais je l'ai détesté : il m'a volé ma place de parking. Je suis sortie de ma voiture, je l'ai incendié et insulté. Il a fini par descendre la vitre de sa voiture et m'a proposé d'échanger sa place de parking contre un café.

— Tu as accepté ?

— Bien sûr que non. Je lui ai dit que cette place de parking méritait un dîner gastronomique à huit plats avec les vins. Je ne suis pas le genre de femmes à me brader au premier venu !

— Évidemment. Et il a accepté ?

— Il a répondu « 19 heures, ce soir ? » et il m'a laissé la place sans attendre ma réponse. C'était génial.

— Le dîner ?

— Le dîner, et tout le reste. Chaque moment, chaque instant, chaque réveil. Tomber amoureuse de lui a été la meilleure chose de toute ma vie.

— Pourtant tu trouves que ce que je ressens pour Emma est insensé.

— L'amour est insensé. Je ne te blâme pas de l'aimer ou de garder tous tes souvenirs. Mais te voir baisser les bras et stagner, impuissant, dans cet entre-deux est frustrant. Si tu veux cette fille, alors il faut que tu te battes. Sinon, passe à autre chose.

Nous replongeâmes dans le silence et dans nos souvenirs respectifs.

— Je garde cette photo, dis-je finalement. Pour l'expo. Ça ne te dérange pas ? Je referai un tirage pour l'expo. Disons qu'elle s'appelle *Allégorie du parking* ?

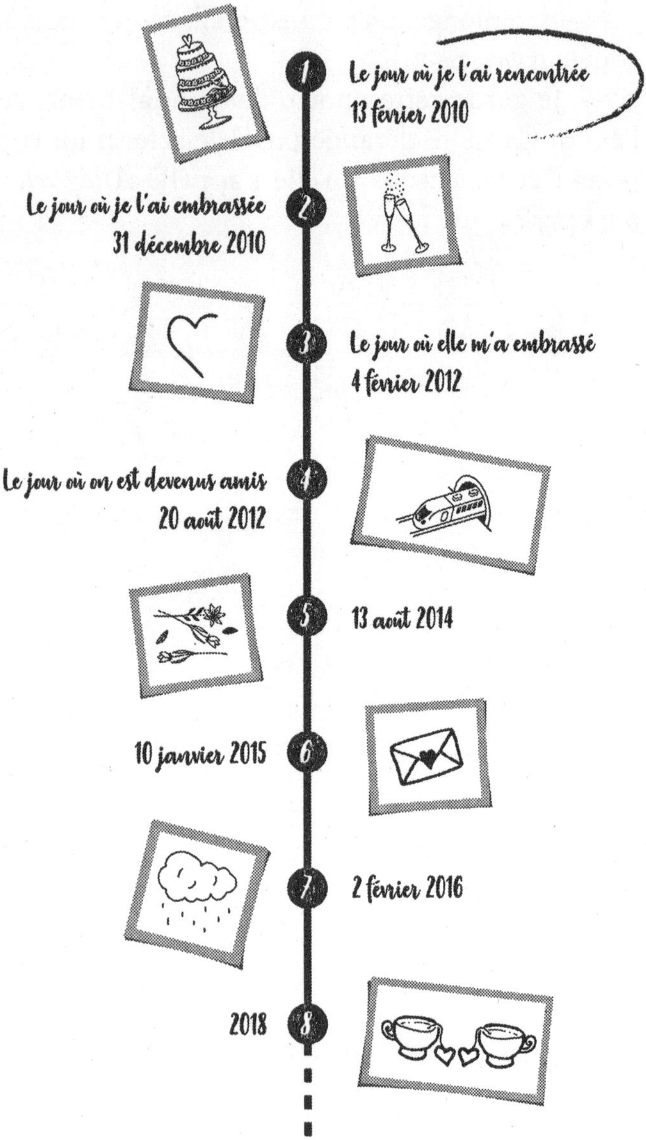
1
Le jour où je l'ai rencontrée
13 février 2010
2
Le jour où je l'ai embrassée
31 décembre 2010
3
Le jour où elle m'a embrassé
4 février 2012
4
Le jour où on est devenus amis
20 août 2012
5
13 août 2014
6
10 janvier 2015
7
2 février 2016
8
2018

Le jour où je l'ai rencontrée
13 février 2010

Je dénouai mon nœud papillon et tentai de me concentrer sur l'anecdote que me racontait une des grand-tantes d'Hélène. Cela faisait une heure qu'elle me parlait, et j'avais dû à peine prononcer une phrase en guise de réponse. Je me contentais donc de hocher la tête mécaniquement, avec, à l'occasion, un haussement de sourcil évocateur.

— Excusez-moi, je vais aller voir de vieilles connaissances, dis-je finalement, profitant d'un instant où la vieille dame reprenait son souffle.

Sans attendre sa réponse, je m'éclipsai, me dirigeant vers le bar à disposition des invités. Bastien et Hélène avaient opté pour une cérémonie simple et un dîner avec leurs proches. Hasard du placement ou volonté délibérée de Bastien de me nuire : je m'étais retrouvé avec la famille la plus éloignée et j'étais certain d'être le seul à ma table à ne pas avoir de problèmes de dentiers.

— Un verre de vin blanc, s'il vous plaît, dis-je à l'attention du barman.

— Et deux coupes, fit la voix de Bastien près de moi.

Je lui lançai un regard en biais, hésitant à lui faire des reproches le jour de son mariage. Après tout, c'était sa journée. Il avait retiré sa veste et déboutonné sa chemise blanche, collant à l'ambiance détendue de la soirée.

Il esquissa un bref sourire mais, en voyant ma mine agacée, il leva les mains devant lui en signe de défense.

— La table était incomplète, dit-il en guise d'excuse.

— Donc, je te rends service ?

— Ah non, tu rends service à l'ensemble des invités en occupant la grand-tante d'Hélène trop bavarde et à tendance curieuse.

— Je te pardonne uniquement parce que c'est ta journée et que je ne veux pas ruiner ton bonheur avec ta femme.

Nos verres se matérialisèrent devant nous, et Bastien m'adressa un bref sourire de gratitude. Mon cousin rayonnait de joie, c'en était presque écœurant. Pour un type qui n'avait jamais été un véritable impulsif, j'étais admiratif de son dernier tour de force : ce mariage.

— Je sais que tu me prends pour un fou, dit-il, les yeux pétillants.

— Parce que tu as épousé cette femme après trois mois de relation ?

— Parce que tu n'as aucune idée de ce que c'est d'être amoureux, répondit-il.

— Donc, pour toi, être amoureux c'est devenir complètement irrationnel ?

— Ça. Et se foutre de l'avis des autres. Tu devrais

tenter ta chance, Hélène a tout un tas de copines célibataires au fond de la salle !

Il désigna l'espace en question du menton, avant de saisir les deux coupes de champagne sur le comptoir. Je jetai un coup d'œil vers les jeunes femmes dont Bastien m'avait parlé. Elles riaient aux éclats, dans leurs robes superbes, perchées sur des talons vertigineux. J'arquai un sourcil appréciateur. Toutes ces filles me plaisaient déjà, et l'ambiance romantique de la soirée allait encore plus m'aider.

— Je te laisse, je vais ouvrir le bal avec ma femme. Amuse-toi bien !

Il partit en direction de la piste de danse et, quelques secondes plus tard, à l'invitation de l'animateur de la soirée – un collègue de Bastien – je rejoignis à mon tour le bord de la piste, dans les jardins, pour assister à leur première danse de jeunes mariés.

Alors que les premières notes résonnaient, la foule s'agglutina autour d'eux. Le groupe de filles se plaça près de moi, échangeant des sourires et des soupirs envieux, tandis qu'Hélène, en robe blanche spectaculaire, s'avançait vers Bastien. Sa jupe en tulle tourbillonnait tandis que Bastien la faisait tourner sur elle-même. Au bout de quelques secondes, elle se débarrassa de ses chaussures et dansa, pressée contre Bastien, pieds nus sur le parquet ciré. Je bus une gorgée de mon vin, admirant le jeune couple, tout en secouant la tête.

— Improbable, n’est-ce pas ?

Je pivotai vers la jeune femme près de moi.

— Après trois mois, oui, c’est... singulier, dis-je.

— Ah, non, je parlais du principe même du mariage. Qu’on se lie à quelqu’un pour la vie me stupéfie tout le temps.

— La plupart des gens trouvent ça beau, rétorquai-je en reportant mon regard sur Bastien et Hélène, toujours étroitement enlacés.

— Mince, je suis tombée sur un romantique.

Je manquai de m’étouffer avec mon vin. Romantique était sûrement le dernier adjectif qui me convenait. J’aimais séduire et, surtout, je n’attendais jamais aucun engagement. La légèreté et mon indépendance étaient primordiales pour moi. Bastien avait raison : je le prenais vraiment pour un fou.

— Peut-être que ce n’est pas fait pour vous et que c’est idéal pour eux, dis-je finalement.

Je plongeai mes yeux dans son regard noisette. Ses cheveux étaient tressés sur le côté et le haut de sa robe bleu ciel laissait entrevoir ses épaules. Elle finit par lever les yeux au ciel et reporta son attention sur Bastien et Hélène.

— Ils sont mignons, concéda-t-elle alors que quelques couples les rejoignaient sur la piste.

— Vous voulez danser ?

— Surtout pas. Je fais une allergie sévère à la danse. Je suis capable de me blesser rien qu’en les regardant. Mais si vous avez envie de danser vous devriez demander aux filles là-bas, ajouta-t-elle en désignant le groupe de filles que j'avais déjà identifié.

— Vous pensez que j'ai mes chances ?

— Vous me posez réellement la question ?

Je hochai la tête, me désintéressant désormais de ces filles en faveur de la femme qui me parlait. Entre ses yeux brillant de malice, son sourire énigmatique et son attitude détonante, j'étais intrigué.

— Eh bien, oui. Pourquoi aurais-je mes chances en particulier avec elles ?

— Syndrome du mariage : une chanson romantique, une atmosphère saturée d'amour, un imaginaire galopant... Elles sont dans un état d'esprit propice aux rencontres et aux relations, expliqua l'inconnue avec conviction.

— Ah, donc ce n'est pas moi, c'est... l'ambiance ?

— Tout à fait. Bon, le fait que vous soyez plutôt joli garçon est un atout non négligeable. Mais ces filles seraient prêtes à danser avec n'importe qui pour avoir leur part de fantasme.

— Parler avec vous fait vraiment du bien à mon ego, plaisantai-je.

— À mon avis, vos meilleures chances sont avec la grande blonde à la robe verte, poursuivit-elle en désignant l'élue du mouvement discret du menton.

— Jolie fille. Pourquoi elle en particulier ?

— Elle sort d'une rupture. Vous avez l'air suffisamment réconfortant pour une nuit. Elle sera rassurée sur sa capacité à séduire et vous, de votre côté, vous n'aurez pas à vous préoccuper de la rappeler.

— Vous pensez que je suis ce genre d'homme ?

Elle me toisa des pieds à la tête, un petit sourire entendu sur les lèvres. L'examen me fit hausser un sourcil. Je ne connaissais pas cette fille, pourtant son avis brut et son attitude franche titillait mon attention.

— Vous êtes non seulement ce genre d'hommes, mais vous êtes sûrement le représentant syndical de ce genre d'homme : votre costume ne parvient pas à dissimuler votre arrogance.

— Vous vous vous rendez compte qu'on n'a même pas échangé nos prénoms ?

— Et ?

— Et c'est un peu rapide pour me juger, non ?

— Vous n'abordez pas les femmes en donnant votre prénom. La preuve, vous m'avez proposé de danser, sans même me demander qui j'étais.

— Je vous l'accorde.

— Vous auriez pu tout aussi bien me proposer un verre, s'amusa-t-elle.

— Peut être que je trouvais ça un peu trop... banal. Vous n'avez pas l'air d'aimer les banalités.

— C'est vrai. Mais j'ai soif.

Nous échangeâmes un sourire et, avant que je puisse réagir, un homme d'âge respectable saisit soudainement la main de l'inconnue et l'attira au centre de la piste. Je ravalai un rire, observant son regard alarmé qui semblait appeler à l'aide, pendant que ses doigts attrapaient durement la chemise de son cavalier.

Elle lui offrit un sourire crispé, faisant redoubler mon rire. Je levai mon verre dans sa direction, saluant une forme de grâce dans ses mouvements. À défaut d'être volontaire, elle donnait le change. Ou presque car, à sa mine consternée, je compris qu'elle écrasait allègrement les pieds de son cavalier.

À plusieurs reprises, elle m'adressa des regards courroucés. Invariablement, je retenais mon rire. Une fille qui n'aimait pas les banalités n'apprécierait sûrement pas d'être considérée comme une damoiselle en détresse. Aussi, par pure provocation, je tournai les talons et me dirigeai vers le bar. Elle ne devrait son salut qu'à la fin de cette interminable chanson, où des rockers adorateurs de cuir hurlaient leur amour éternel à une femme pendant cinq longues minutes.

Au bar, je commandai un verre de vin, scrutant les invités en espérant voir mon inconnue fendre la foule. Son regard furibond fut la première chose que je repérai, suivi par le claquement colérique de ses talons sur le parquet.

Apparemment, j'avais visé juste. Je portai mon verre à mes lèvres, risquant un sourire victorieux.

— Vous m'avez laissée tomber ! éructa-t-elle en me désignant de l'index d'un air accusateur.

— Je me réjouis que votre allergie à la danse semble sur la voie de la guérison, répondis-je.

— On se fiche de la danse ! Ce type avait une haleine affreuse, un parfum de supermarché et les mains moites !

— On est solidaire entre hommes. Je ne voulais pas lui couper ses effets en vous interrompant.

— Solidaire ?

— Croyez-moi, avant de vous entraîner sur la piste de danse comme il l'a fait, il a dû boire deux verres de vodka pour se donner du courage. Vous savez que vous n'êtes pas la fille la plus abordable de la soirée, n'est-ce pas ?

Pendant une courte seconde, je redoutai une gifle. Mais, à ma grande surprise, sa rage s'évapora, et son regard sombre reprit sa teinte noisette, irisé de pointes de vert. En silence, elle tira le tabouret près du mien pour s'y asseoir et s'accouda au bar. Elle saisit la coupe de champagne qui l'attendait sur le bar puis elle la leva dans ma direction en déclarant :

— Merci pour le verre.

— Je vous en prie.

— Et maintenant, dites-moi en quoi je ne suis pas la fille la plus abordable de la soirée ?

— Eh bien, vous êtes très sérieuse, vous ne riez pas comme les autres filles, vous vous tenez volontairement à l'écart et vos yeux pétillent de joie mais vous semblez défier les autres de venir vous parler. Ah ! et vous avez jugé que j'étais arrogant et imaginé que je draguais tout ce qui bouge, sans même me connaître.

— C'est faux ?

— Non. Mais ça reste un peu blessant. J'ai toujours pensé que je cachais bien mon jeu.

— Vos proies doivent être faciles. Vous n'êtes pas le genre de mec prêt à déployer toutes ses armes pour conquérir une femme.

— Ne me défiez pas, murmurai-je.

— Je ne vous défie pas, je constate. Regardez, je bois un verre avec vous, je vous parle et je ne crois pas avoir décelé une seule tentative de drague.

— Peut être que vous ne me plaisez pas, dis-je avec toute la conviction du monde.

— Ne me défiez pas, souffla-t-elle à son tour.

Un sourire lumineux s'accrocha à ses lèvres, et je sus, à ce moment précis, que j'avais perdu la bataille. Cette femme était irrésistible, au sens premier du terme. Un seul sourire et toute ma volonté et ma résistance s'étaient évaporées. Elle m'avait eu. En quelques minutes de conversation et un sourire, elle m'avait eu pour de bon.

Nous passâmes deux heures à ce bar, à discuter aussi bien de la météo que de la folie du mariage, en passant par son adoration de la nourriture indienne.

Sans même nous en rendre compte, nous nous étions rapprochés physiquement, enveloppés dans une bulle électrique et dans l'effluve fleuri de son parfum.

Je ne connaissais toujours pas son prénom, et c'était sans importance. Pour moi, elle était la fille aux yeux noisette qui me défiait de la séduire.

— Quel est votre programme de demain ? demanda-t-elle.

Je jetai un coup d'œil à ma montre.

— Techniquement, nous sommes déjà demain, répondis-je, sans vraiment comprendre le but de sa question.

— C'est la Saint-Valentin, vous devez bien avoir un programme. Est-ce que vous errerez dans les bars, à la recherche d'âmes esseulées au bord du désespoir ?

— Est-ce que vous avez une image déplorable de tous les hommes ou c'est juste limité à ma personne ?

— Vous le faites, n'est-ce pas ? Vous allez dans votre bar fétiche et vous réussissez à trouver la fille qui attend au comptoir son petit ami, sans se douter qu'il va lui poser un lapin.

— Quel est son nom ?

— Pardon ?

— Au type qui vous a planté le jour de la Saint-Valentin ?

L'inconnue haussa un sourcil, avant de secouer la tête. À la façon dont elle se mordillait les lèvres, un peu embarrassée, je sus que j'avais touché juste. Ses attaques ne me visaient pas moi, en particulier : elle réglait ses comptes avec un autre.

— David, lâcha-t-elle finalement. Un sombre crétin. Anesthésiste, j'aurais dû me douter que ça n'allait pas fonctionner. On ne sort pas avec un type dont la mission est de vous faire dormir !

J'étouffai un rire dans mon verre, avant d'acquiescer.

— Vous n'êtes pas anesthésiste au moins ? s'alarma-t-elle soudainement.

— Oh ! donc, vous voulez qu'on sorte ensemble ?

— Un jour, peut-être.

Nos regards s'accrochèrent et, pendant quelques secondes, j'en oubliai le reste des invités et le vacarme assourdissant de la musique. Seul demeurait une tension palpable entre nous deux et cette intuition tenace, presque une certitude, qu'il se passerait quelque chose entre nous.

— Vous faites quoi dans la vie ? demanda-t-elle finalement.

— Je travaille en caisse dans un supermarché, répondis-je, tandis qu'elle grimaçait. Quoi ? C'est pire qu'anesthésiste ?

— Il n'y a rien de pire, dit-elle en souriant. En fait, j'attendais le « mais »…

— Le « mais » ?

— Le « mais c'est temporaire », « mais c'est pour aider ma mère en difficulté » ou le « mais… »

— … j'économise pour devenir photographe.

— Vous économisez vraiment ou vous avez juste la trouille de vous jeter à l'eau ?

Je manquai de m'étouffer avec mon verre de vin. Une lueur de défi brilla dans son regard. Mon inconnue rendait coup pour coup, et je devais admettre que j'aimais son répondant. Lentement, je le sentais, le piège se refermait sur moi. Elle avait commencé par attiser ma curiosité et, maintenant, j'étais sous le charme, capté par son regard hypnotisant et par son énergie chaleureuse.

— Vous devriez vous jeter à l'eau, reprit-elle. Sinon vous risquez de toujours retarder l'échéance et de ne jamais vous lancer.

— Peut-être… Et vous, vous faites quel métier ?

— Oh ! je tente de devenir médecin. La plupart du temps, je me demande si ma blouse n'est pas un déguisement, dit-elle en riant. C'est ma quatrième année, et j'envisage déjà une reconversion dans la poterie ou le tricot.

— Je suis certain que vous vous en sortez haut la main. Vous n'êtes pas le genre de fille qui baisse les bras.

— Et vous voyez ça à quoi ?

— Au fait que vous me plaisez. Et les filles qui me plaisent n'abandonnent pas.

La tension monta d'un cran pendant que j'affrontais l'inconnue du regard. Ses yeux pétillaient en permanence, ses sourires trahissaient ses humeurs, ses lèvres appelaient aux baisers et ses douces provocations déclenchaient autant de curiosité que de désir : j'étais sous le charme.

— Les mecs qui me plaisent se jettent à l'eau, répondit-elle finalement.

— Non, répondis-je, en secouant la tête. J'ai saisi votre manœuvre.

— Ma manœuvre ?

— Vous voulez que je vous invite à dîner, que je vous promette des roses rouges et d'assurer pour votre prochaine Saint-Valentin juste pour le plaisir de me dire non.

— Nous sommes à la Saint-Valentin, et vous assurez.

— Et, là, vous m'encouragez. Je ne rentrerai pas dans votre jeu.

J'aurais aimé en être convaincu. J'aurais aimé croire et lui faire croire que j'étais hermétique à ce qu'elle dégageait, ce mélange d'instinct de joueur et de féminité assumée. Mais, à la façon dont mes yeux cavalaient sur ses jambes, elle savait déjà que je mentais.

Et je le savais aussi.

— Et pourquoi la photo ? demanda-t-elle.

— Pour figer le temps. Certaines choses ne se produisent qu'une seule fois, j'aime l'idée de les capturer.

— Vous avez raison.

L'instant suivant, elle descendit de son tabouret, jeta un œil autour d'elle et se pencha pour attraper une bouteille de champagne derrière le bar. Elle me lança un regard mutin, avant de lancer :

— Je vous laisse prendre les verres ?

Sans attendre ma réponse, elle s'éloigna et, après quelques pas, tourna la tête pour s'assurer que je la suivais. J'étais toujours vissé sur mon tabouret, estomaqué et un peu ébloui. Sans trop réfléchir, je saisis nos verres et je lui emboîtai le pas.

Elle avait gagné, et jamais défaite ne m'avait paru si douce.

Je la retrouvai à l'extérieur de la salle de réception. D'un geste du menton, elle m'indiqua la direction qu'elle voulait prendre et, après quelques minutes, nous nous retrouvâmes dans un square éclairé de lampadaires et parsemé de jeux pour enfants et de bacs à sable.

En plein mois de février, l'air était frisquet et le ciel couvert, mais c'était sans importance. Je ne voyais qu'elle, illuminée par un réverbère, son sourire réchauffant l'atmosphère.

— Et maintenant, on fait quoi ? lui demandai-je alors qu'elle ouvrait la bouteille de champagne.

— On fête la Saint-Valentin ! Au fait, je m'appelle Emma.

Le bouchon sauta et elle remplit nos coupes. J'aurais aimé avoir mon appareil-photo pour capturer cet instant précis, l'instant où je compris qu'Emma venait de prendre une place unique dans ma vie. L'instant où elle prit ma main pour me faire allonger sur l'herbe. L'instant où nous décrétâmes qu'il s'agissait de la meilleure Saint-Valentin de nos vies.

L'instant où, au lever du soleil et tandis qu'elle se redressait, je tentai de la retenir en lui proposant :

— Petit déjeuner ?

Emma secoua la tête et épousseta sa robe des quelques brins d'herbe accrochés au tissu. Mon costume était humide mais, en la voyant frissonner, je n'hésitai pas à lui donner ma veste.

— Il faut que je rentre. Je n'avais pas prévu de rester aussi tard. Merci pour la soirée.

— Tu es sûre ? Il est tôt et…

— Vraiment, je dois rentrer.

Nous nous fixâmes de longues secondes. Je cherchais à prolonger le moment, quand Emma ne pensait visiblement qu'à partir. À reculons, elle s'éloigna, amorçant ainsi un rituel qui allait durer de longues années entre elle et moi.

— Emma ? l'interpellai-je.

— Tristan ?

— On se revoit quand ?

Elle esquissa un bref sourire – ce même sourire que j'allais à la fois affectionner et détester –, empreint de malice, de mystère, d'esquive et de promesse incandescente. Puis elle répondit :

— Un jour, peut-être.

Chapitre 5

— Tu n'as jamais voulu ouvrir ton propre restaurant ? demandai-je à Hélène.

Cette dernière me jeta un regard, avant de me resservir de ses délicieuses pâtes aux légumes. Elle garnit ensuite son assiette avant de s'asseoir en face de moi.

— J'ai fait illusion quelque temps auprès de Bastien, mais il a vite compris que j'improvisais et que j'avais souvent de la chance. Je dois réussir huit plats, au mieux. Je ne cuisine pas, Tristan, je joue au petit chimiste en espérant ne pas faire cramer une casserole !

— Oui, mais ça les gens ne le savent pas !

— Et ça n'a rien à voir avec le talent : j'ai appris les recettes par cœur. À force de côtoyer des cuisiniers, j'ai fini par leur soutirer leurs secrets de fabrication. C'est toi l'artiste.

Je dévorai mon assiette en riant, écoutant Hélène me parler du cuisinier italien qui lui avait appris cette recette. Elle l'imitait à la perfection, avec un accent italien caricatural et des mimiques hilarantes. Hélène savait rire de tout et, surtout, elle savait vous rappeler à quel point la vie était joyeuse.

— J'aimerais te prendre en photo, dis-je finalement, calé au fond de ma chaise.

— Tu en as déjà fait plein.

— Non, pour de vrai. Un portrait. Quand tu cuisines, par exemple.

— Oh ! et tu l'appellerais *L'Arnaqueuse* ?

— Non. Je l'appellerais *La Joie*. C'est ce que tu représentes pour moi.

Elle ouvrit la bouche, prête à riposter, avant de se raviser. Un sourire embarrassé orna ses lèvres, et elle secoua la tête. Hélène était rarement muette, j'étais assez fier de mon exploit.

— On a parlé d'Emma et de moi, mais pas de toi.

— Peut-être qu'il n'y a rien à dire. Ou peut-être que je suis comme toi, à attendre patiemment.

— Nos situations sont différentes.

— C'est vrai, dit-elle avec un sourire triste. Tu es cinglé, quand je suis juste… une fille en deuil. De mon côté, l'espérance n'est pas de mise.

— Bastien n'aurait jamais accepté ça, déclarai-je.

— Peut-être. Mais quelles sont mes chances de

rencontrer à nouveau l'homme de ma vie dans un parking ?

— Vu le nombre de parking dans cette ville, je dirais qu'elles sont bonnes, lui dis-je en plaisantant.

Un bref sourire éclaira son visage mais ne chassa pas la pointe de tristesse dans son regard. Bastien n'était plus là, et je n'avais aucune idée de ce qu'Hélène pouvait ressentir.

— J'aimerais que tu me racontes, l'encourageai-je.

— Tu connais déjà la fin de l'histoire.

— J'ai envie de savoir.

— Tristan, je ne sais pas si je veux replonger là-dedans.

— Tu parles à un mec qui a le cœur en miettes, je peux tout entendre.

— Voilà la différence entre toi et moi : ton cœur est en miettes, le mien est... amputé. Bastien ne réapparaîtra pas.

— Je sais, murmurai-je. Je pense à lui chaque jour. En particulier quand j'ai le nez dans mon café matinal.

Hélène étouffa un rire, avant de triturer nerveusement sa serviette. Bastien avait une addiction pour la caféine. Il en buvait au moins une dizaine de tasses par jour sans que son corps ne se révolte vraiment contre. C'était devenu une blague récurrente entre nous, au point que j'avais fini par lui offrir un paquet de café très rare et hors de prix pour son dernier anniversaire.

— Et il parvenait à s'endormir comme un bébé chaque soir, ajouta Hélène.

— Il s'endormait n'importe où. Quand nous avions 17 ans, on s'est lancé dans une rando en montagne. Quand nous avons décidé de nous arrêter pour camper, il faisait un froid polaire, le sol était humide, et on avait à peine mangé : en deux secondes, il avait fermé les yeux et dormait profondément, me rappelai-je, incrédule.

— Tu as mis combien de temps à t'endormir ?

— J'ai fait une nuit blanche : j'étais frigorifié.

— Il me manque, avoua-t-elle dans un murmure. Je pensais… Je me voyais vieillir avec lui et l'aider avec son déambulateur, pendant que je me débattrais avec une prothèse de hanche ou mon dentier.

Je posai ma main sur celle de mon amie, espérant la réconforter. Je savais pourtant que ça ne suffirait pas. Un effleurement de la main ne compensait pas un cœur en morceaux mais je ne voulais pas que Bastien devienne un sujet tabou. J'aimais partager mes souvenirs de lui et j'espérais qu'Hélène évoquerait les siens. Je continuai sur le ton de la plaisanterie :

— Il t'aurait sûrement aimée même sans tes dents.

— J'espère bien ! Sinon j'aurais lancé un chien à la poursuite de ses fesses et de son déambulateur !

— C'est vrai, il avait une peur panique des chiens !

Je me suis tellement moqué de lui pour ça. Même le plus petit des chiens le faisait trembler de trouille.

— Alors qu'il ne craignait pas du tout les souris. Ce mec était une énigme.

— Qu'est ce qui te manque le plus ?

Hélène fronça les sourcils et prit de longues secondes pour réfléchir à sa réponse. Soudain, son regard s'éclaira et elle répondit en riant :

— Tu vas trouver ça idiot…

— Tu parles à un mec qui attend une fille dont il est amoureux depuis des années. Au championnat des idiots, j'ai le niveau olympique.

— Nos réveils. Bastien était une vraie bouillote. Souvent, je me réveillais la première et je me collais contre lui. J'adorais ça, sentir son corps chaud contre ma peau. Il grognait à chaque fois, mais il finissait par me serrer contre lui.

Sa voix s'étrangla d'émotion, et je lui adressai un sourire compatissant. Elle poussa un soupir et chassa ses larmes en clignant les paupières. Puis, comme toujours, Hélène plaqua un sourire sur ses lèvres, cachant aussitôt cette faille dans sa carapace.

— Ce n'est pas idiot, la rassurai-je. Tu veux savoir ce qui me manque le plus chez Emma ?

— Le sexe ! affirma mon amie sans hésitation. Oh ! je t'interdis de faire l'offusqué, vous passiez votre temps à vous toucher !

— Mais absolument pas !

— Vraiment ? Je sais très bien ce que vous avez fait dans notre chambre le soir de mon anniversaire !

— Elle avait enchaîné trois gardes, dis-je, sur la défensive.

— C'est ça ton excuse ? Tu ne l'avais pas vue pendant trois jours alors vous avez copulé dans notre chambre ?

— Copulé ? Pourquoi est-ce moi qui passe pour l'obsédé de service ?

— Je ne fais pas de distinction : vous étiez aussi obsédés l'un que l'autre. Et puis Emma m'a dit que tu étais un bon coup !

Je ris à nouveau, un peu embarrassé. Imaginer Hélène et Emma autour d'un café, à parler de leurs nuits respectives était sidérant. Malgré tout, je devais admettre qu'Hélène avait vu juste : le sexe avec Emma avait toujours été spectaculaire. Nos corps enivrés de désir se trouvaient spontanément, et sentir vibrer sa peau contre la mienne me rendait à la fois fier et heureux.

— Sa confiance en moi, dis-je finalement. Quand j'avais des doutes sur une photo, elle trouvait toujours les mots pour m'encourager. Sans elle, je ne serais sûrement pas à la veille d'une rétrospective sur mon travail.

— Tu te sous-estimes.

— Elle était là au tout début, ajoutai-je.

— C'est vrai. D'ailleurs, c'est peut-être ça la solution pour la dernière partie de ton expo : ajouter une photo d'elle.

— Hélène, soupirai-je, déjà las de la conversation qui allait suivre.

— Tristan, cette fille est à l'origine de ta carrière, tu es toujours amoureux d'elle et tu voudrais qu'on parle de ton parcours de photographe sans l'évoquer ? Ça n'a pas de sens !

— Il y a une photo d'elle : celle qu'on a choisie tout à l'heure.

— C'est une photo de nous tous ! Ça ne compte pas. Et ne me dis pas que tu n'as aucune photo d'Emma, je ne te croirai pas.

Hélène laissa le silence s'installer. Elle avait raison. Emma était la clé de toute ma vie : tant personnelle que professionnelle. Même absente, elle demeurait omniprésente dans mes souvenirs et mes espérances. Je brûlais d'envie de la revoir et j'étais même prêt à tenter ma chance à nouveau, même si s'attaquer à elle pouvait s'apparenter à chasser un insaisissable fantôme.

— C'est juste que… j'évite, murmurai-je.

— Les photos ?

— Les souvenirs qui y sont raccrochés.

— Appelle-la.

Hélène se leva de table et alla récupérer son téléphone. Avec un sourire d'encouragement, elle le déposa près de moi. C'était tentant. D'entendre sa voix, de deviner son souffle, de déceler un sourire ou de saisir son état d'esprit. Cet appel pouvait mettre un terme à mes tourments. Ou à mes espoirs. Et cette seule perspective me laminait déjà.

— Vous êtes aussi idiots l'un que l'autre, commenta-t-elle en levant les yeux au ciel.

— Hélène, on a déjà essayé. Emma et moi, c'est… Je ne sais pas ce que c'est, mais on a essayé d'avoir une histoire pleine de normalité, et ça n'a pas fonctionné.

— Oh ! oui, donc il vaut mieux une histoire fantasmée et douloureuse, qu'une histoire réelle et adulte ?

— Tu te trompes de cible : je suis celui qui y croit. Emma, elle, passe son temps à apparaître dans ma vie, à la mettre sens dessus dessous, pour ensuite disparaître sans jamais jeter un œil aux dégâts.

— Il n'y a pas de gentil ou de méchant dans une relation amoureuse.

— C'est vrai. Mais je ne peux pas faire ça, pas encore une fois. Je veux que ce soit elle qui revienne vers moi ; pour moi et pour nous.

— C'est de la fierté mal placée !

— Appelle-ça comme tu veux, rétorquai-je, agacé. Je ne fais que me protéger. J'ai déjà fait ma part, avec mon quota d'actions romanesques et héroïques.

— On parle du baiser du 31 décembre ou du coup d'éclat du mariage avorté ?

— On parle de toutes les fois où je lui ai proposé de rester dans ma vie.

Je ne savais pas si j'étais plus en colère contre elle ou contre moi. Tomber amoureux d'Emma avait été une évidence. Tenter de la séduire, attendre un geste de sa part était désormais une habitude. Certes, j'espérais toujours qu'elle reviendrait dans ma vie, mais cette patience avait désormais un prix : j'étais constamment seul. C'était douloureux et injuste.

Je me levai de table et me dirigeai vers les photos étalées au sol. Emma était là, riant, boudant, tirant la langue, en noir et blanc, en couleur, plein cadre. J'aurais pu expliquer chaque anecdote derrière chaque cliché. Mais, contrairement aux autres photos, cette histoire n'appartenait qu'à moi.

— J'aimerais juste... rééquilibrer les choses, repris-je dans un souffle.

— Parce que tu lui en veux. Pourquoi n'as tu rien dit ? me demanda Hélène en se postant près de moi.

— À quel sujet ?

— Sur le fait qu'elle allait se marier pour de mauvaises raisons ! Je savais, et je suis certaine que Bastien savait aussi, qu'elle avait pris une mauvaise décision. Elle voulait juste... se rassurer ou ne pas rester seule.

Je haussai les sourcils de surprise. Hélène et Bastien n'avaient jamais laissé paraître qu'ils doutaient de ce mariage. Au contraire, Hélène avait accompagné

Emma à ses essayages de robe, et Bastien avaient aidé les deux fiancés à dénicher un traiteur pour le grand jour.

— Pourquoi aurais-je dit quelque chose ? tentai-je de répondre, incertain.

— Parce que tu savais que c'était une mauvaise idée, tu savais que ce mariage allait échouer.

— Je ne crois pas.

— Tu ne crois pas ? s'esclaffa Hélène. Tu aurais dû lui parler quand tu as appris ses fiançailles, elle t'aurait sûrement écouté.

— Nous étions amis, et j'estimais que je n'avais aucun droit de m'interposer. Je n'avais rien à revendiquer, et elle semblait heureuse.

— Heureuse ? répéta-t-elle, incrédule.

Je hochai la tête. J'aurais menti en disant qu'apprendre ses fiançailles ne m'avaient pas anéanti. Mais Emma avait toujours été indépendante et déterminée. Je n'appréciais pas ses choix, cela ne me donnait pas le droit de les remettre en cause pour autant.

— Tu l'as pourtant fait ! C'est ce que tu lui as dit, ce soir-là, la veille de son mariage, qui l'a poussée à prendre une décision, reprit Hélène.

— Peut-être. Je préfère croire que c'est plutôt tout ce qu'on s'était dit depuis notre rencontre. Mais ça doit être à cause de mon fameux esprit romanesque.

— J'aime beaucoup celle-ci, lança Hélène, en pointant une photo de l'index.

Elle se pencha pour la ramasser, pendant qu'un flot de souvenirs me submergeait. Un sourire étira mes lèvres quand je découvris de quel cliché elle parlait.

— Vous… Enfin, vous donnez l'impression d'être…

— Nus. Oui, confirmai-je.

Emma avait pris cette photo alors que je dormais encore. On nous y voyait enlacés, la couette couvrant tout juste sa poitrine ; je serrais Emma contre moi, son dos contre mon torse, apaisé et heureux. J'avais découvert ce cliché des semaines plus tard, en développant de vieilles pellicules de mon appareil argentique.

— Il faut que tu l'exposes. La seule photo où tu apparais comme modèle.

— Je vais y réfléchir.

— Et tu devrais l'appeler…

— Là encore, je vais y réfléchir !

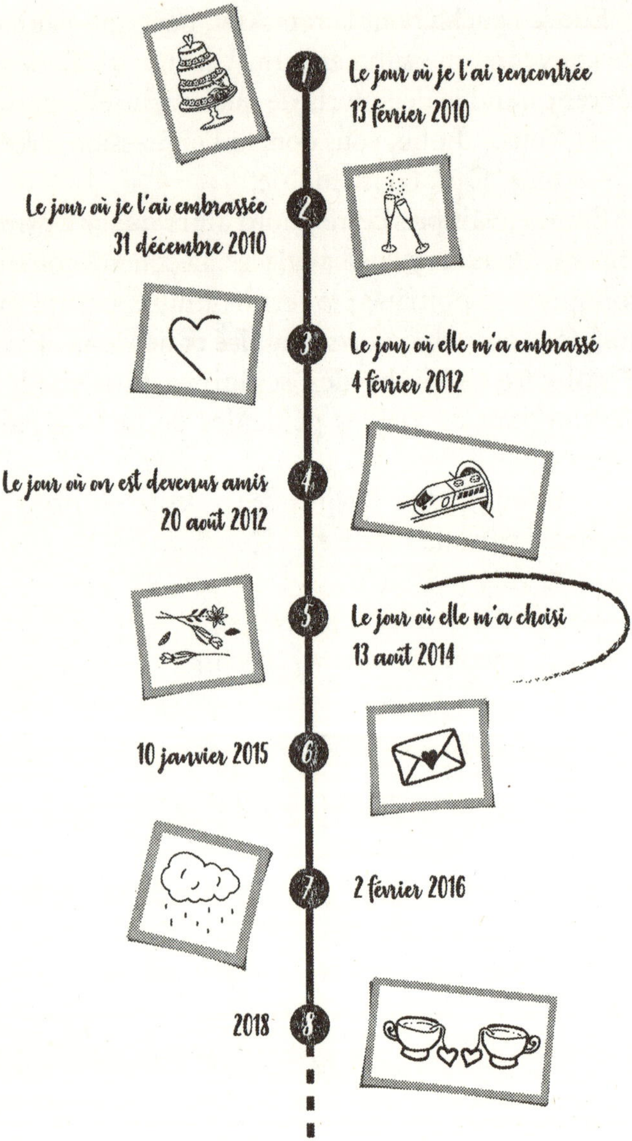
1
Le jour où je l'ai rencontrée
13 février 2010
2
Le jour où je l'ai embrassée
31 décembre 2010
3
Le jour où elle m'a embrassé
4 février 2012
4
Le jour où on est devenus amis
20 août 2012
5
Le jour où elle m'a choisi
13 août 2014
6
10 janvier 2015
7
2 février 2016
8
2018

Le jour où elle m'a choisi
13 août 2014

Les mains sur le volant, je pris une profonde inspiration, détachai ma ceinture de sécurité et décidai de jouer la carte de l'improvisation. L'improvisation et le hasard avaient toujours été de notre côté, je refusais de changer notre mode de fonctionnement. Je misais sur le fait que notre histoire avait, dès le début, été extraordinaire. Emma n'avait rien de l'épouse rangée, installée dans une routine conjugale : elle aimait l'adrénaline de son métier, nos rencontres fortuites et nos conversations pleines de promesses. Ce mariage, ce n'était pas elle. Ce n'était pas la Emma que je connaissais.

Je sortis de la voiture et me dirigeai vers la salle de réception. J'avais fait le trajet en voiture dans un brouillard cotonneux, me persuadant que j'avais raison d'agir ainsi. J'étais convaincu que je pouvais l'empêcher de faire la plus grosse erreur de sa vie.

La cérémonie et les festivités étaient planifiées pour le lendemain, mais Hélène m'avait assuré qu'elles seraient toutes les deux présentes pour finaliser les ultimes détails.

La lourde porte en bois grinça sur ses gonds quand je la poussai. J'eus un temps d'arrêt en découvrant la décoration blanche et dorée, mélange de tulle, de fleurs et de suspensions élégantes. J'avais eu le temps d'assimiler le mariage d'Emma, mais découvrir une photo des deux fiancés surmontée d'une banderole « vive les mariés » me donna la sensation qu'on me plantait un poignard en plein cœur.

Je secouai la tête, refusant d'abandonner. Je n'avais pas fait toute cette route pour baisser les bras maintenant.

— Tu es venu ! cria une voix familière.

Je pivotai pour trouver Emma. Contrairement au meilleur scénario que j'avais imaginé, elle ne courut pas vers moi, ni ne me sauta dans les bras en pleurant de joie – encore une déception. Elle était surprise, mais pas vraiment émue. J'encaissai ce nouveau coup avec un sourire crispé.

— J'ai pu me libérer, expliquai-je.

— Tu as loupé Hélène, elle est partie il y a quelques minutes.

Un silence s'installa. J'étais nerveux et un peu perdu, quand Emma semblait embarrassée. Dire que l'atmosphère était tendue était un euphémisme. Emma fit un pas dans ma direction et désigna la photo accrochée au mur en me demandant :

— Qu'est-ce que tu en penses ?

— Du mariage ?

— De la photo.

Elle esquissa un sourire, et je portai mon attention sur le cliché de son fiancé et elle, visiblement heureux et amoureux, tendrement enlacés. Une boule de chagrin et de colère se forma dans ma gorge. Pendant des années, notre relation avait été rythmée par nos rencontres impromptues. Chaque fois, j'étais tombé un peu plus amoureux d'elle. Facilement, sans effort, sans même me poser une question. Chaque fois, je l'avais laissée prendre la fuite, résigné à lui laisser le temps et l'espace dont elle avait besoin pour accepter l'évidence : nous étions faits l'un pour l'autre.

Aujourd'hui, je prenais conscience qu'en respectant son rythme je l'avais peut-être perdue à tout jamais. Ma patience avait été vaine, et je me retrouvais seul.

— Le cadrage n'est pas très bon, et les couleurs sont un peu ternes. Mais, toi... toi, tu es parfaite, répondis-je en souriant.

— Pas très bon et terne. Eh bien, j'espère que ce n'est pas un avant-goût de ce qui m'attend !

— Je ne pensais pas que tu le ferais.

Mon aveu n'était qu'un murmure. Il m'était d'ailleurs destiné plutôt qu'à elle. Même dans cette salle décorée, même devant cette photo, je n'arrivais toujours pas à imaginer Emma en femme mariée.

Mariée à un autre que moi.

— C'est la suite logique : d'abord on se fiance, puis on se marie, répliqua-t-elle en plaisantant.

— Tu n'étais plus fiancée.

— Parce que j'ai perdu ma bague ?

— Emma, tu ne l'as pas perdue. Le soir de l'anniversaire de mariage de tes parents, tu l'as retirée de ton annulaire et tu l'as jetée aussi fort que possible dans l'océan.

— J'ai dit à tout le monde que je l'avais perdue. J'apprécierai que tu gardes le secret, me dit-elle en riant. Ma future belle-famille me regarde déjà comme si j'étais un animal exotique, j'aimerais autant éviter de les contrarier pour de bon !

— Je sais garder un secret.

— Je sais. Tu gardes tous les miens, ajouta-t-elle après un court silence.

Nous échangeâmes un sourire gêné, et j'eus la sensation désagréable que nous nous faisions nos adieux. Dès qu'elle aurait dit oui à cet homme, elle m'échapperait définitivement. Cette simple perspective me vrillait le cœur à m'en couper le souffle. Je détournai mon regard de leur photo et me concentrai sur son visage.

— Tu m'avais dit que tu ne viendrais pas, lança-t-elle.

— Je ne voulais pas venir. Je ne suis pas certain de vouloir assister à ton mariage.

— Tu ne le connais même pas ! C'est un type bien et…

— Et nous, on devient quoi ? J'attends encore ? J'attends que tu me laisses des miettes d'espoir.

— Je ne sais même pas définir ce que nous sommes, rétorqua-t-elle dans un soupir.

— C'est justement ça qui devrait te questionner…

Tu es une fille rationnelle, Emma. Peut-être que c'est ce qui t'empêche de comprendre ce qui nous lie.

— Non, souffla-t-elle. Je sais ce qui nous lie, Tristan. Je le sais depuis notre rencontre et je l'ai su à chaque fois qu'on s'est vu. Mais... disons que je ne suis pas comme toi, prête à sauter dans le vide et à me faire volontairement peur.

— Saute dans le vide, Emma. Je serai là.

Emma prit une profonde inspiration, et j'attendis, en vain, une réaction. Son accueil n'avait pas été à la hauteur de mes espérances et, maintenant, sa façon d'agir défiait tous mes pronostics. Elle tritura nerveusement sa bague et, pour la première fois depuis mon arrivée, une ombre passa sur son visage. N'y tenant plus, je l'interrogeai :

— C'est vraiment ce que tu veux ?

— Tristan...

— Une simple question : est-ce que tu veux vraiment épouser ce type ?

— Pourquoi je ne le ferais pas ?

— Emma, le mariage c'est sérieux. Tu vas passer ta vie avec lui, tu vas partager toutes tes nuits, tes vacances, tes moments difficiles avec le même homme. Il pourra même garder tes secrets.

— Il n'y a que toi qui sais faire ça ! répliqua-t-elle en plaisantant.

— Emma, je suis sérieux. Tu ne peux pas épouser un type et dire à un autre qu'il garde tes secrets.

Parce que c'est cruel, et que j'ai la certitude que tu n'es pas une fille cruelle.

— Je suis quoi alors ?

— Une fille perdue. Ou effrayée par le vide.

Emma était devant moi, belle et lumineuse, et je tentai de me souvenir de toutes les bonnes raisons qui m'avaient poussé à conduire pendant plusieurs heures pour lui parler. Maintenant que nous étions face à face, je manquais de courage.

J'avais toujours manqué de courage devant Emma, ce n'était pas nouveau. À chacune de nos rencontres, je savais que j'aurais une nouvelle chance de la voir, de la convaincre. Cette fois, je sentais que c'était la dernière.

— Est-ce qu'il sait pour nous ? demandai-je, finalement.

— Nous ?

— Ne fais pas comme s'il n'y avait rien entre nous deux.

Elle me scruta de longues secondes, et je fis de mon mieux pour soutenir son regard. Je devais jouer mon va-tout. Si c'était ma dernière chance, autant me lancer dans la bataille corps et âme. Et faire comme si mon cœur n'était pas en train de se disloquer lentement.

— Tristan, il n'y a jamais rien eu de sérieux entre nous deux. On s'est croisé et on a juste… flirté.

— Dans ce cas, pourquoi m'avoir invité à ton mariage ?

— J'ai invité un grand nombre de gens : la famille, les proches, les amis... Je voulais que les personnes que j'apprécie assistent à ce moment heureux de ma vie, s'écria-t-elle. Alors, oui, je t'ai invité !

Son regard se voila de colère, et je luttai contre ce que me dictait ma raison – m'éloigner et la laisser. J'effaçai la courte distance entre nous et posai ma main sur sa joue. Elle retint son souffle tandis que, du pouce, je caressai sa peau.

— Je n'ai aucune idée de comment nous en sommes arrivés là. Tout ce que je sais, c'est que je t'aime. Je t'aime à t'attendre tant qu'il le faudra.

— Je vais me marier, souffla-t-elle, comme si ce fait était une bouée à laquelle se raccrocher.

— Je sais.

Nous échangeâmes un bref sourire, empli de nos souvenirs, de nos baisers et du temps qui nous avait séparé petit à petit. La sentir si près de moi sans pouvoir la prendre dans mes bras était cruel. Presque aussi cruel que de l'imaginer avec un autre.

— Tu voulais qu'on soit amis, me rappela-t-elle.

— Je voulais te garder près de moi. Quand on aime, on est prêt à tout. Je pensais que j'allais pouvoir te faire changer d'avis.

Elle rit doucement et l'atmosphère s'allégea. J'allais devoir me contenter de son explication :

elle voulait juste partager avec moi son bonheur nuptial. Pourtant, à la façon dont elle se mordillait nerveusement la lèvre, je ne pouvais m'empêcher d'imaginer autre chose.

Elle voulait que je la sauve.

— Il sait que tu es allergique à la danse ? demandai-je.

— Je lui dirai une fois sur la piste.

— Et que tu voles des bouteilles de champagne ?

— Un détail.

— Et que je me suis battu pour toi ?

— Pour se battre, il faut être conscient, Tristan, dit-elle.

— Et que tu dessines des cœurs comme personne ?

— Ça fait partie des secrets que tu gardes.

Je haussai un sourcil, surpris. À nouveau, elle se pinça les lèvres, comme pour mieux se préparer à l'aveu qu'elle allait me faire, et je sentis aussitôt tout mon être se gonfler d'espoir. En un sourire, une phrase, voire un mot, Emma avait le pouvoir de rafistoler les morceaux éparpillés de mon cœur.

— Je ne le fais qu'avec toi, chuchota-t-elle. Et je ne le ferai jamais qu'avec toi.

— Tu crois donc qu'on se reverra après la journée de demain ?

— J'en suis certaine. On a toujours fonctionné de cette façon.

— Justement, je propose qu'on fasse évoluer ce

mode de fonctionnement, qu'on fasse ce que font la plupart des gens : ils fixent des rendez-vous.

— Je ne veux pas faire ce que font la plupart des gens, protesta-t-elle.

— Tu le fais avec les autres, mais pas avec moi ?

— J'aime l'idée qu'on soit différents. Je me sens différente avec toi. Tu m'as dit que je méritais l'extraordinaire. Il n'y a que toi qui m'a dit ça.

— Donc, si je t'avais proposé de la normalité, on serait sur le point de se marier ?

— Non. Tu mérites aussi l'extraordinaire.

— Je vais y aller. Hélène m'a dit que tu étais superbe dans ta robe mais je préfère la croire sur parole plutôt que d'assister à… ça.

Emma fronça des sourcils en comprenant que je n'allais pas rester. Je ne pouvais pas. L'imaginer dans sa robe, remontant l'allée centrale pour rejoindre son futur mari était déjà insoutenable. Le voir me tuerait. Elle recula d'un pas, et ma main retomba le long de mon corps.

— Tristan, tu ne peux pas faire ça.

— Je ne devrais même pas être là. D'ailleurs, je suis venu pour de mauvaises raisons.

— C'est ridicule : tu as fait de la route, tu es ici, tu peux rester. Tu dois rester. On se fiche de tes mauvaises raisons…

— Emma, j'ai passé des heures dans cette voiture, à répéter ce que j'allais te dire pour te faire changer d'avis. Pour être honnête, je rêvais même que tu me suives et que tu plaques ton mariage pour moi.

— Je t'en prie, reste, supplia-t-elle d'une voix tremblante.

C'était la fin. Ou peut-être le début d'autre chose. En tout cas, je devais tourner la page et faire comme si mon cœur battait encore. Je me sentais vide, comme si ce voyage avait siphonné mes dernières forces et mes ultimes espoirs.

Je brûlais d'envie de l'embrasser. Juste une dernière fois.

De respirer son parfum. Juste une dernière fois.

Et de sentir son corps nu contre le mien. Pour la première et la dernière fois.

— Je vais y aller. J'ai pris un hôtel dans le coin, dis-je, la voix cassée par l'émotion.

— Tu... Tu es sûr que tu ne veux pas rester ? Pourquoi tu souris ? demanda-t-elle, les joues rosies d'embarras.

— C'est la première fois que tu tentes de me retenir.

— C'est vrai.

— La veille de ton mariage.

— Je veux que tu restes, plaida-t-elle, les yeux brillant d'émotion. S'il te plaît, Tristan.

J'étais partagé entre l'envie d'accepter et de grapiller quelques heures avec elle et le besoin de prendre la fuite. Je souffrais déjà de la savoir promise à un autre, je refusais de jouer les confidents alors que l'ombre de son mariage planait au-dessus de nous.

— On pourrait aller dîner, insista-t-elle.

— Je ne veux pas d'un dîner. Depuis le temps, tu devrais le savoir !

— Ça pourrait être mon cadeau de mariage.

— C'est vrai, concédai-je. Alors, on n'a qu'à dire que la prochaine fois qu'on se croise, on dîne ensemble.

— Mais pourquoi pas ce soir ? Je connais un super restaurant, on pourrait…

— Emma, aucune femme sur le point de se marier irait dîner avec un autre homme la veille de son mariage.

— Oh ! donc je suis censée dormir sagement dans mon lit, sachant que tu es à l'hôtel ?

— Qu'est ce qui te gène ? Le « sagement » ou le « sachant que tu es à l'hôtel » ?

Emma croisa les bras sur sa poitrine et me dévisagea. J'avais toujours eu du mal à percevoir ses états d'âme. Elle les cachait très bien, et dès que je trouvais une faille, elle parvenait à la camoufler avec une pirouette. Ce soir, pourtant, nous étions seuls, tous deux face à un croisement décisif de nos vies. Il n'y avait pas d'échappatoire.

— Tu sais très bien ce que je veux dire ! Je ne t'ai pas vu depuis des siècles, c'est l'occasion de rattraper le temps perdu.

— Emma, si tu veux… Bon sang, si tu veux que je t'emmène loin d'ici, répliquai-je, agacé, tu me le dis et je le fais. Avec un peu de chance, on peut dégoter un vol pour l'autre bout du monde d'ici l'aube.

— Ce n'est pas du tout…

— Bien sûr que si. Tu le sais. Et je le sais aussi, sinon, tu ne serais pas là à chercher une excuse pour me retenir, alors que tu as passé ton temps à me fuir depuis qu'on se connaît.

— Tristan, s'il te plaît…

Cette colère sourde, que j'avais réussi à étouffer pendant des années, remontait maintenant à la surface. Je l'aimais. Et j'étais prêt à tout pour elle. Mais je refusais d'être le seul à croire en nous. Comment pouvait-elle me dire que j'étais le seul à garder ses secrets, celui qui savait vraiment l'écouter puis envisager d'épouser un autre homme quelques heures plus tard ? Si elle avait le moindre doute sur son mariage, elle devait me le dire ; si elle avait la moindre certitude sur nous, elle devait aussi me le dire.

— Je peux passer ma vie à t'attendre, Emma. Je le fais déjà, repris-je sans honte. Et je le fais parce que je sais qu'il y a un lien puissant entre toi et moi. Je le fais parce que je suis amoureux de toi.

Devant moi, Emma retint son souffle. C'était la première fois que j'évoquais aussi clairement mes sentiments. Je n'avais plus peur : ni d'elle, ni de moi.

Et puis, à quelques heures de son mariage, tout cela était presque sans importance.

— Maintenant, si tu veux qu'on aille dîner, ma porte est toujours ouverte.

— Mais pas ce soir, conclut-elle.

— Y compris ce soir, si tu me dis pourquoi, réellement, tu veux qu'on dîne ensemble.

Fébrile, j'attendis une réponse de sa part. Elle demeura muette. L'ascenseur émotionnel reprit : en quelques minutes, j'étais passé de la tristesse à la colère et j'avais même ressenti une bribe fragile d'espérance. Le silence s'étira entre nous jusqu'à ce qu'elle me demande finalement :

— On se revoit quand alors ?

J'encaissai douloureusement cette nouvelle esquive. Encore une fois, même à la veille de ce jour si important pour elle et pour nous, Emma refusait de s'ouvrir à moi ; elle refusait de s'ouvrir à ce qu'elle ressentait. Dès lors, je n'avais plus vraiment le choix. Je devais la laisser emprunter cette route que je savais n'être pas la bonne. Je plongeai dans ses yeux brillants, me perdis dans la contemplation des détails de son visage que je voyais tant dans mes rêves puis répondis :

— Un jour, peut-être.

Je lui adressai un petit sourire en guise d'adieu et, mobilisant toute ma volonté, je lui tournai le dos pour rejoindre ma voiture. J'étais suffisamment fort pour survivre à ça. Du moins, j'étais suffisamment fort pour tenter de m'en convaincre. Dans le rétroviseur, malgré moi, je me surpris à vérifier si elle m'avait suivi. Elle était là, immobile, fixant ma voiture, le visage défait et vulnérable.

Je passai une nuit affreuse, partagé entre mon besoin viscéral de la voir et ma volonté de tenir bon. À mon réveil, quand je repris mes esprits, la déception se mêla la colère. Aujourd'hui, Emma épousait un autre homme. Elle allait le faire sciemment, malgré ma déclaration de la veille, malgré tous les moments magiques que nous avions partagés, malgré l'histoire folle et incroyable qui avait débuté entre nous. Cette fois, c'était la fin.

Je remballai mes affaires dans ma minuscule valise, prêt à quitter les lieux. Un déplacement en Norvège, pour un shooting, m'attendait. Idéal pour me changer les idées et essayer d'oublier ce fiasco.

Alors que je vérifiais les vols sur mon téléphone, une feuille apparut soudain sous ma porte. Intrigué, j'abandonnai mon appareil sur le lit et saisis le morceau de papier. Délicatement, je le dépliai, et tout mon corps sortit de sa torpeur, refoulant la tristesse et la colère pour laisser place à une bouffée de joie.

— Je n'avais plus de stylo, fit une voix familière derrière la porte.

J'éclatai de rire, les yeux rivés sur le cœur parfait

et immense qu'Emma avait dessiné au rouge à lèvres. En une seconde, j'oubliai toute ma douleur, mon amertume et ma tristesse. Elle était là… et elle n'aurait jamais dû.

J'ouvris la porte de la chambre, peinant à y croire. Emma se tenait devant moi, habillée d'une splendide robe blanche dont la jupe imposante était réhaussée d'un bustier en satin, ses cheveux tressés sur son épaule gauche et une bouteille de champagne à la main.

— Ça, expliqua-t-elle en me la tendant, c'est en souvenir de notre rencontre.

— Qu'est-ce que tu fiches ici ?

— Je viens pour le petit déjeuner, me répondit-elle, souriante, en haussant les épaules.

— Tu n'es pas censée te marier ?

Elle garda le silence une seconde, le temps de plonger son regard dans le mien puis, avec un petit sourire, elle répondit :

— Un jour, peut-être.

Je m'effaçai pour la laisser entrer, réfléchissant aussi vite que possible à ce qui était en train de se passer.

Si elle était là, alors ça voulait dire que le mariage n'aurait pas lieu.

Si elle était là, ça signifiait que notre histoire existait vraiment.

Si elle était là, je n'allais plus jamais la laisser partir.

— Tu… Tu l'as quitté ? murmurai-je.

Un peu honteuse, elle hocha la tête. Elle tritura sa jupe, ne laissant que le froissement du tulle emplir le silence assourdissant de cette chambre. Je n'arrivais toujours pas à y croire.

— Tu m'as promis un voyage à l'autre bout du monde, lança-t-elle.

— Convaincue par l'exotisme ?

— Et tu m'as aussi promis un petit déjeuner.

— Oh ! la nourriture.

— Et tu m'aimes, ajouta-t-elle dans un murmure.

— Et je t'aime.

Emma était devant moi, décidée à nous donner une chance, et je refusais de la faire fuir en voulant aller trop vite. Elle savait ce que je ressentais pour elle, et ça allait bien au-delà d'une escapade et de deux tartines. J'espérais que c'était le cas pour elle aussi, parce que mon cœur avait à peine cicatrisé et n'aurait pas supporté une nouvelle blessure. Et parce que mon corps tout entier était tendu de frustration et d'attente.

— Pourquoi es-tu venue ? demandai-je finalement.

— Pour nous. Parce qu'il y a un nous.

En deux mots, ceux que j'avais toujours voulu entendre de sa part, ma frustration s'évapora, et je déverrouillai mes sentiments cadenassés depuis des années.

— Il y a un nous, acquiesçai-je. Hélène était loin de la vérité, tu es plus que superbe.

J'avais toujours été attiré par Emma – par ses yeux pétillants, par ses longues jambes interminables, par son espièglerie inattendue et par son esprit brillant – et, ça, dès l'instant où elle avait volé cette bouteille de champagne pour abandonner le mariage d'Hélène et Bastien. Je voulais juste prendre sa main pour m'assurer qu'elle était bien là et la serrer contre moi, pour faire en sorte de la garder près de moi. Ce soir, dans cette chambre, le désir courait sur ma peau, la picotant agréablement.

— Elle te plaît ? demanda-t-elle avec un petit sourire aux lèvres, en se tournant dans un froissement de tulle. Je n'ai rien pris d'autre...

Figée devant le miroir de la chambre, elle capta mon regard et le soutint pendant que je réduisais l'espace entre nous. La pointe de défi était toujours là, illuminant ses iris noisette. J'étais encore sous le choc de la voir ici, dans cette chambre tristounette, alors qu'elle irradiait de joie. C'était ma chance, j'en étais conscient, et cela me rendait plus nerveux que jamais. Depuis notre rencontre, nous nous étions embrassés, nous avions ri et flirté. Aujourd'hui, nous passions à une nouvelle étape, et le trac que je ressentais freinait à peine le désir cavalant dans mes veines.

En silence, je posai mes mains sur sa taille et,

combattant mon appréhension, déposai un baiser sur son épaule dénudée.

— Je vais te retirer cette robe, l'avertis-je.

— J'espère bien.

Mon sourire ravi parla pour moi. Emma sourit à son tour, et j'ignorai les tremblements de mes mains quand je défis le premier bouton en nacre de sa robe. Lentement, dans un silence désormais serein, je continuai à la dégrafer. Finalement, le tissu tomba à ses pieds, laissant apparaître Emma dans ses sous-vêtements en dentelle blanche.

Admiratif, je haussai un sourcil. Sans gêne aucune, je détaillai chacune de ses courbes et m'attardai sur le relief qu'avait laissé le tissu contre sa peau. J'avais eu l'occasion d'admirer la silhouette d'Emma quand elle avait défié les vagues, le soir terrible de l'annonce de ses fiançailles. Je l'avais contemplée, ses vêtements humides plaqués contre son corps, avec envie et désespoir, persuadé que je ne pourrais jamais passer mes mains sur ses courbes. Maintenant qu'elle était nue devant moi, je me rendais compte que mon imagination avait été pauvre et que mon corps réagissait plus ardemment encore que je ne l'avais pensé. Emma était spectaculaire : elle incarnait le péché. Mon péché.

— Choix très judicieux, la complimentai-je. Tellement judicieux que je ne sais pas si je dois te les retirer ou te les laisser.

Je m'écartai d'elle et m'assis sur le lit, contemplant son corps à moitié nu. J'avais encore du mal à croire qu'elle était ici, dans cette chambre impersonnelle, alors qu'elle aurait dû être en pleine cérémonie de mariage. De son mariage.

— Tu prends le temps de la réflexion ? demanda-t-elle.

— Sur les dessous, uniquement. Pour le reste – toi, nous et ce petit crépitement dans l'air –, j'ai déjà un avis très arrêté.

En silence, Emma pivota pour me faire face. Dans son regard, je ne lus aucune trace de doutes ou d'inquiétudes : enfin, elle assumait sa décision et, surtout, elle assumait notre histoire. Elle s'avança et, quand elle fut juste devant moi, je posai mes mains sur ses hanches et l'attirai contre moi. Son corps nu percuta le mien et elle s'installa à califourchon sur mes cuisses. Puis elle effleura ma bouche de la sienne, comme si elle attendait mon accord.

— Un petit crépitement ? murmura-t-elle.

Sa peau satinée glissait sous mes paumes, son corps chaud irradiait, et son cœur battait exactement au même rythme que le mien. Tout ce que j'avais toujours imaginé, tout ce dont j'avais toujours rêvé était là, dans son sourire mutin et son regard incandescent.

— Je devrais peut-être retirer ça, suggéra-t-elle en dégrafant son soutien-gorge.

Je hochai doucement la tête, flirtant avec ses lèvres.

J'en oubliai ma colère de la veille, mes années de résignation et d'espoirs déçus et nos rencontres trop furtives. Chaque seconde grappillée avec elle avait enfin un sens : elle m'avait conduit à ce moment parfait où Emma était enfin à moi.

Je posai mes mains sur les siennes et, lentement, fis glisser les bretelles de son soutien-gorge jusqu'à ce qu'il tombe au sol. Emma me laissa faire puis ses mains se faufilèrent sous mon T-shirt pour me le retirer. Souriante, elle me proposa :

— On se le fait ce petit déjeuner ?

— Après. Pour l'instant, c'est toi que je veux déguster.

Chapitre 6

— Tu es certain que ça ne te gêne pas que je reste dormir ici ? demanda Hélène.

— Il y a trois chambres, lui rappelai-je.

— Je passerai à l'hôtel demain matin pour me changer. Histoire de faire honneur à ton vernissage.

— Hélène, tu pourrais venir avec ta tenue de yoga ou un déguisement de Madame Patate que je serais honoré de ta présence.

— J'ai quelqu'un à te présenter, je refuse de saboter tes chances. Ça ferait mauvais genre que tu fréquentes une souillon !

Je secouai la tête, épaté par l'obstination d'Hélène à vouloir me voir en couple. Ou peut-être qu'elle tentait juste de me faire oublier Emma.

Je lui tendis un vieux T-shirt et un short de sport en guise de tenue de nuit.

— Je me sabote très bien tout seul, rétorquai-je.

— Je sais. C'est pourquoi je t'ai fait un peu de promotion. Apparemment, les mecs torturés, ça lui plaît beaucoup !

— Je ne suis pas torturé !

— J'ai préféré « torturé » à « fou furieux ». Le côté romantique, façon héros du XIXe, ça fonctionne mieux. J'ai aussi glissé que tu étais photographe et je lui ai montré deux ou trois photos.

— Eh bien, grâce à toi, je n'ai plus rien à lui dire pour lancer la conversation.

— Tu manques juste un peu d'entraînement ; je pourrais te faire répéter, si tu veux. Il suffit de lancer une ou deux phrases innocentes, offrir un verre, partager des intérêts communs.

— Tu veux m'entraîner ? m'esclaffai-je. Toi ? Dis-moi si je me trompe mais ta vie amoureuse est bien aussi désertique que la mienne, non ?

Hélène baissa les yeux au sol, triturant nerveusement le T-shirt que je venais de lui prêter

— Je ne sais pas si je suis prête pour ça, dit-elle finalement. Et puis, ça me fait un peu... bizarre. Qu'est-ce que tu en penses ?

Elle planta son regard dans le mien, attendant patiemment ma réaction. J'étais stupéfait et vraiment heureux qu'elle envisage l'avenir. Hélène méritait de vivre une belle histoire. Elle avait trop de joie et d'optimisme en elle, ça aurait été dramatique qu'elle ne les partage pas avec quelqu'un.

— Je redoute un peu ta réaction, je crois. Bastien était ton cousin et je ne veux pas que tu imagines que je tourne la page ou que je...

— Ou que tu veux juste être heureuse. C'est vrai, c'est assez laid comme projet, ironisai-je.

— Tu sais ce que je veux dire.

— Évidemment que je le sais. Je sais qu'une partie de toi aimera toujours Bastien. Mais cette partie-là ne doit pas dominer toute ta vie, Hélène. Je suis vraiment heureux pour toi.

Ses yeux verts s'éclairèrent, et elle m'adressa un petit sourire de gratitude. Je la pris dans mes bras et embrassai affectueusement le sommet de son crâne. Même si Bastien n'était plus là, le lien qu'Hélène et moi avions créé le maintenait avec nous.

— Tu n'as plus besoin de veiller sur moi, murmura-t-elle.

— Au contraire, je vais me faire un devoir de vérifier tes fréquentations.

Elle esquissa un bref sourire de soulagement, comme si je lui avais donné une bénédiction qu'elle seule souhaitait avoir.

— La douche est au bout du couloir, fais comme chez toi.

Elle acquiesça – sûrement plus à notre conversation qu'à mes indications sur la douche – avant de se diriger vers la salle de bains. Elle s'arrêta au bout de quelques pas et pivota vers moi.

— Tu devrais essayer, aussi.

— Avec Emma ?

— Elle ou une autre. Tu sais j'ai l'impression de te regarder te débattre dans une sorte de labyrinthe dont tu ne trouves pas la sortie.

— C'est ma mère qui t'envoie en messager ?

— Pas du tout. Nous sommes amis : les bons moments, les mauvais, les conseils, ça fait partie du job. Tu mérites d'être heureux, Tristan. Et si Emma ne veut pas honorer cette mission, je suis certaine qu'une autre fille l'acceptera. Mais si tu n'essayes pas, tu es condamné à rester dans ton labyrinthe.

Un bref silence flotta, comme si Hélène me laissait le temps d'assimiler ce qu'elle venait de dire. Je n'étais pas dupe. La plupart du temps, je me sentais heureux et libre. J'aimais mon métier, j'avais acquis une belle notoriété, je rencontrais une multitude de gens, j'étais en bonne santé et j'avais assez d'argent pour ne pas m'en inquiéter. Mais, à la faveur des fins de journées ou de moments de solitude, mon esprit se perdait volontiers dans des souvenirs nostalgiques.

Emma me manquait. Parce que, sans elle, j'avais l'impression d'être incomplet ou bancal. Malgré mes nombreux déplacements et son métier prenant, notre relation m'avait offert une forme d'équilibre. À cette époque, j'avais tout.

Maintenant, j'avais presque tout, et ce presque était la faille par laquelle s'engouffraient les doutes et une douleur diffuse de manque. Je n'étais pas certain de pouvoir colmater cette brèche.

Ou alors, un jour, peut-être, songeai-je avec un bref sourire.

— Alors, nous en sommes où ? m'interrogea Hélène à sa sortie de la salle de bains.

Elle frictionna ses cheveux avec une serviette grise avant de s'asseoir près de moi, à même le sol. Les photos étaient toujours étalées sur le parquet. Il m'en restait encore deux à choisir, et je me sentais dépassé.

— Nous ? répétai-je.

— Nous. Je me sens impliquée dans cette histoire.

— Je te laisse choisir, alors.

— Impliquée ne veut pas dire responsable. Je pense que tu devrais procéder par élimination pour faire un premier tri.

— Et je le fais sur la base de quoi ce premier tri ?

— Cette partie de l'exposition parle de toi, n'est-ce pas ?

Je hochai la tête pendant qu'Hélène fourrageait dans les photos, en en repoussant certaines sur sa gauche. Je restais en retrait, gardant un œil sur les deux premières photos que nous avions sélectionnées.

— J'ai retiré les portraits, expliqua-t-elle. Vu que ça doit parler de toi, j'élimine tout ce qui ne te concerne pas vraiment.

— Mais ça me concerne ! protestai-je.

— Non, tu te caches derrière toutes ces histoires pour ne pas raconter la tienne.

— C'est un vernissage, pas une thérapie.

— Je t'ai écouté une bonne partie de la journée, Tristan. Je ne te réclame pas d'argent parce que nous sommes amis et que ta douche offre une fonction massage. Ce vernissage, c'est ta thérapie.

— Donc, j'évacue les traumatismes et j'exorcise les vieux démons ?

— Et tu apprécies ce que tu as vécu, surtout. Pourquoi pas celle-ci ?

Hélène s'empara d'une vieille photo qui ressemblait plus ou moins à un autoportrait. Placé devant un miroir, je m'étais immortalisé. Je débutais alors mon activité de photographe et j'étais encore persuadé que je finirais par séduire Emma.

— J'étais jeune et naïf, commentai-je en prenant le cliché.

— Tu es toujours jeune. Et tu es toujours naïf. Prends cette photo et tente de raconter un truc dessus !

— Il n'y a rien à raconter, c'est juste un type qui n'a aucune idée de ce qu'il va faire de sa vie.

— Le même type qui est maintenant exposé un peu partout. Tu as réussi, Tristan, tu as montré au monde ce que tu voyais dans les regards des autres.

— Très bien, très bien, abdiquai-je. Je la prends. Il en faut encore une.

— Pourquoi as-tu accepté cette rétrospective ? Ça a l'air de peser sur tes épaules.

— Ce n'est pas l'expo. C'est juste... Tu penses vraiment que je devrais l'appeler ?

— Tristan, je te rappelle qu'à l'époque c'est moi qui voulais te présenter Emma, j'étais persuadée qu'elle serait parfaite pour toi. Et tu as encore des sentiments pour elle, donc oui, je pense que tu devrais.

Je remuai encore les photos, faisant mine de les passer en revue. Ma concentration était réduite au strict minimum. Depuis qu'Hélène m'avait indiqué qu'elle avait son numéro, une part de moi – la frange la plus optimiste – se prenait à rêver d'un nouveau départ.

— Imagine que c'est moi, suggéra Hélène.

— Je te demande pardon ?

— Fais comme si j'étais Emma. Qu'est-ce que tu lui dirais, si tu la revoyais dans la rue par exemple ?

— Je ne suis même pas certain que je l'arrêterais. On est passés d'un extrême à un autre : d'une proximité intense à l'ignorance la plus absolue.

— Et ça te convient l'ignorance ?

— Non, évidemment. Mais parfois, il vaut mieux ne rien dire plutôt que de blesser quelqu'un. Ou de se faire blesser. Mon côté kamikaze a ses limites.

— Elle te rendait heureux ?

Je dévisageai Hélène. Je n'avais aucune réponse. Emma m'avait rendu heureux, c'était certain, mais j'avais aussi pris des coups et fait mon possible pour l'oublier. En vain. Elle persistait dans mes souvenirs, sur ma peau, dans l'air même que je respirais. Le moindre détail du quotidien me ramenait à elle. Et ces rappels qui me renvoyaient à son absence devenaient douloureux.

— Oui. Les circonstances devraient me faire dire l'inverse, mais penser à elle me rend heureux.

— Alors essaye. Disons que je te donne son numéro et que tu l'appelles. Tu fais quoi ?

— Je prie pour tomber sur sa messagerie ?

Hélène me gratifia d'une tape amicale sur le bras, avant de s'esclaffer. Je ris à mon tour, conscient de mon absence de courage. Dès qu'il s'agissait d'Emma, je me retrouvais impuissant.

— Ne sois pas si trouillard. Vous êtes adultes, vous pouvez tout à fait discuter. À quand remonte votre dernière conversation ?

— À un an, soufflai-je.

Hélène tressaillit. Un an. Je n'avais pas vu Emma depuis le jour des funérailles de Bastien, sur ce parking gris, froid et venteux près du cimetière. Une fois encore, ce n'était pas le bon moment. C'était notre histoire : une accumulation de rencontres au mauvais moment. À croire que le destin nous lançait des avertissements que j'avais choisi d'ignorer.

— On a échangé des banalités, résumai-je.

— Beaucoup de conversation commencent par des banalités, répondit Hélène.

— Je sais. Mais ce jour-là je n'étais pas capable de... penser. Ça n'aurait donné rien de bon.

— Tu ne peux pas le savoir.

— Si. J'étais dévasté, et Emma était bouleversée. Je ne voulais pas renouer avec elle pour de mauvaises raisons, par désespoir ou par peur de finir seul. On l'aurait regretté.

— Et maintenant ? Peut-être que tu attends un bon moment qui n'arrivera jamais.

— C'est elle que j'attends. Pas un moment, ou un lieu, ou une nouvelle page à tourner. Juste elle.

— C'est exactement ce que je veux dire, lâcha Hélène en se redressant.

Elle traversa le salon à grandes enjambées et se planta dans la cuisine, près de la verrière qui marquait la limite entre les deux pièces. Elle me lança un regard plein de défi et toqua doucement contre la vitre. Je savais ce qu'elle essayait de faire – Hélène avait toujours eu l'optimisme et la joie de vivre en étendard – mais je n'étais pas certain de l'intérêt de ce jeu de rôles.

— Tristan, s'il te plaît, fais un effort ! m'encouragea-t-elle.

— Tu plaisantes ?

— Absolument pas. De ce que je comprends, toutes vos rencontres ont été impromptues, donc gérées à l'instinct. Un peu de préparation ne te fera pas de mal.

— Je ne prévois pas de revoir Emma prochainement.

— C'est justement ce que je t'explique : mettons fin à la surprise. Tu t'entraînes avec moi et, d'ici quelques jours, tu pourras l'appeler et planifier quelque chose.

Sans attendre ma réponse, elle toqua à nouveau contre la verrière, espérant patiemment que je joue le jeu. Réticent, je me levai et approchai d'elle tandis qu'elle ajoutait :

— Donc, tu imagines que je suis Emma. Une belle fille aux cheveux châtains, aux yeux noisette et qui, malgré son sens de l'humour désastreux, se montre parfois plus brillante que moi.

Elle parvint à m'arracher un sourire, et je me résolus finalement à participer à cette grande mascarade.

— Bonjour Tristan, fit Hélène avec un large sourire.

— Bonjour… Emma, dis-je, en secouant la tête pour éviter de rire.

— Donc, les banalités d'usage : on va dire qu'on va bien tous les deux et qu'on est content de se voir. Maintenant, si j'étais Emma, je crois que je te demanderais où tu en es de ta carrière de photographe.

— Tout se passe bien. Je voyage beaucoup et j'aime vraiment ce que je fais.

Hélène fit un mouvement de bras, pour m'inciter à poursuivre.

— Oh ! et... Et toi ? Toujours à sauver des vies ? demandai-je.

— Toujours, oui. C'est bien qu'on ait réussi à programmer ce dîner.

— Je ne programmerais jamais un dîner avec elle, objectai-je aussitôt.

— Ah. Et on peut savoir pourquoi ?

— C'est un rituel entre nous : je tente de l'inviter à prendre un petit déjeuner. Comme ça, j'espère secrètement qu'elle ne me laissera pas au lever du soleil.

— Astucieux, me complimenta Hélène. Eh bien imaginons que nous sommes autour de café, de tartines et de jus pressés.

— Ça ne fonctionne pas comme ça. Elle n'est jamais d'accord. C'est un jeu entre nous, une sorte de blague que nous sommes les seuls à comprendre.

— Vous avez été en couple pendant des mois et vous n'avez jamais pris le petit déjeuner tous les deux ?

— Nous n'avons jamais vécu ensemble, Hélène.

Mon amie soupira, se questionnant certainement sur l'histoire que j'avais vécue avec Emma. Les petits déjeuners refusés, les baisers volés, nos escapades et nos nuits enfiévrées : voilà ce à quoi nous nous résumions.

— D'accord. Alors... Bon, disons que vous vous voyez, qu'est-ce que tu lui dis ensuite ?

— Sûrement que je la trouve superbe, qu'elle m'a

beaucoup manqué et que je ne regrette rien de ce qu'il s'est passé entre nous.

— Vraiment ? Si c'était à refaire…

— Je referais tout, répondis-je immédiatement. Sans l'ombre d'un doute. Y compris ce fameux dîner auquel elle n'est jamais venue. Nous devions parler de l'idée farfelue de vivre ensemble.

— Tu es vraiment cinglé.

— Je sais. L'amour rend cinglé. Et elle me rend cinglé, depuis la première minute où je l'ai rencontrée et sûrement jusqu'à mon dernier souffle.

— J'abandonne, fit Hélène dramatiquement. Gardez vos trucs bizarres et vos rencontres surprises. Vous êtes irrécupérables.

— Je te rappelle que c'est toi qui voulais nous présenter et qui pensais que nous aurions des atomes crochus.

Hélène se contenta de sourire, avant de retourner devant les trois photos que nous avions choisies et soigneusement disposées sur la table. Elle s'empara de la photo de la plage, celle où elle jouait dans les vagues avec Bastien et Emma.

— Je n'ai jamais trop cru à ces histoires d'âmes sœurs, murmura-t-elle. Puis, il y a eu Bastien. Je savais toujours ce qu'il allait dire, je connaissais ses blagues par cœur, je me réveillais chaque matin avec la certitude d'être exactement là où je devais être. Mais ce que tu vis avec Emma…

— Ça me rend vivant, Hélène. Et j'ai la conviction intime que nous finirons par nous retrouver.

— Pour combien de temps ?

— Au moins le temps d'un petit déjeuner.

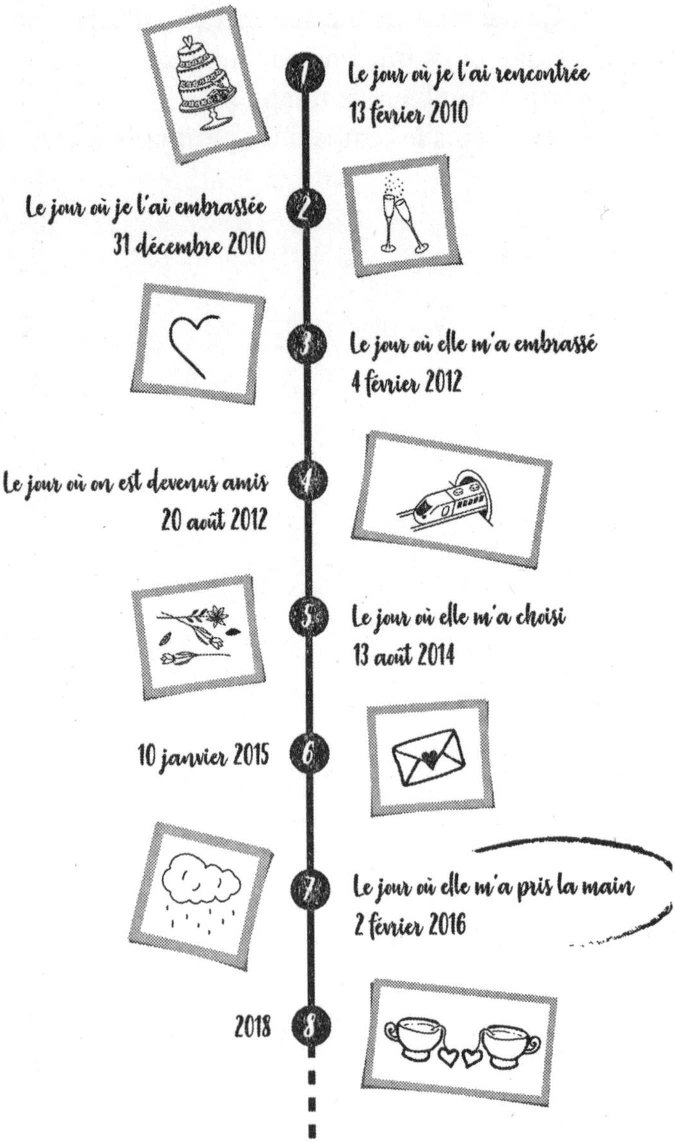
1
Le jour où je l'ai rencontrée
13 février 2010
2
Le jour où je l'ai embrassée
31 décembre 2010
3
Le jour où elle m'a embrassé
4 février 2012
4
Le jour où on est devenus amis
20 août 2012
5
Le jour où elle m'a choisi
13 août 2014
6
10 janvier 2015
7
Le jour où elle m'a pris la main
2 février 2016
8
2018

Le jour où elle m'a pris la main
02 février 2016

— Tristan, un appel pour toi ! Encore ! ajouta mon assistant dans un grognement mécontent.

— Dis que je rappelle, répondis-je, les yeux rivés sur mes retouches en cours.

— C'est la quatrième fois…

— Je vais rappeler. Je dois vraiment finir ça pour ce soir !

J'entendis mon assistant râler tandis que je me concentrais sur les fichiers de mon écran. Un magazine huppé m'avait demandé des portraits de jeunes entrepreneurs prometteurs. J'avais ainsi écouté l'histoire de Marc qui, après avoir hérité une boutique de son père, avait décidé de lancer une chaîne de magasins. Ou encore l'histoire de Thomas, ce jeune sans diplôme, qui était parvenu à monter son premier défilé de haute couture en faisant travailler ses plus proches amis.

La fierté et le bonheur transpiraient de chaque photo, et ces parcours me renvoyait à ma propre expérience : ma carrière était bien lancée, je décrochais des contrats, j'arpentais le monde pour figer le temps et des visages. J'aurais pu me glisser dans cette galerie d'entrepreneurs : j'avais réussi.

Mais ce succès avait un goût doux-amer. Je préservais les apparences et je me concentrais sur mon métier alors que ma vie privée… Je ne pouvais même pas dire que ma vie privée était en ruine : pour avoir des ruines, il fallait déjà avoir construit quelque chose de solide.

— Tristan, ta mère au téléphone !

Je poussai un soupir et vérifiai l'heure sur ma montre. Je devais rendre mon travail d'ici la fin de la journée, mais si je ne lui répondais pas, elle allait me le reprocher pendant des semaines. Tout en marchant en direction du bureau de mon assistant, je passai une main sur mon visage, chassant la fatigue et une once de culpabilité. Je n'avais pas appelé ma mère depuis plusieurs semaines et je m'attendais à une pluie de reproches.

Je m'affalai sur une chaise et saisis le combiné du téléphone ; mon portable était sagement posé sur une table. Quand je travaillais, je m'isolais du monde ; cette ligne fixe ne visait qu'à m'y raccorder à l'occasion… ou à traiter des commandes.

— Tiens, c'est le numéro qui a tenté de te joindre, m'indiqua mon assistant en me tendant une feuille de papier.

Ma famille, mes amis : aucun d'eux n'appelaient jamais sur cette ligne.

Je déchiffrai le numéro. Il s'agissait de celui d'Hélène. Au même moment, la voix de ma mère grésilla dans le téléphone. Je fermai brièvement les paupières, soudain envahi par un sentiment désagréable.

— Tristan ? dit-elle.

Sa voix tremblait. Elle avait la gorge serrée, sans nul doute. Au même moment, mon portable s'éclaira, révélant une montagne d'appels manqués et de messages en attente. Mon sentiment de malaise s'amplifia, et ma respiration s'alourdit. Quelque chose n'allait pas. Quelque chose de grave.

— Maman ? Tout va bien ?

— On a tenté de te joindre. Tu n'as pas ton portable ?

— Je travaillais, je l'avais mis de côté.

Elle reprit son souffle alors que je cherchais le mien. J'avais les poumons comprimés d'angoisse et je savais déjà que j'allais me souvenir de cette conversation. Elle ne serait ni anodine, ni légère.

J'entendis ma mère s'agiter, comme si elle remuait des meubles ou bougeait frénétiquement tout en me parlant.

— Tu n'appelles jamais sur cette ligne, dis-je finalement.

— Je sais. Mais vu que tu ne répondais pas et que c'était urgent. Je… Écoute, je…

— Qu'est-ce que tu fais ?

— Je prépare une valise.

À nouveau, elle poussa un soupir. Je l'imaginais dans sa chambre, abandonnant son projet de valise pour finalement se laisser tomber sur son lit. Je tentai d'emboîter les pièces du puzzle. Mon assistant me dévisageait et, d'un geste de la main, je le chassai de la pièce. Je balayai les murs gris perle du regard : des photos, des articles, encore des photos. Si ma pièce de travail était froide et impersonnelle, ce bureau, lui, demeurait accueillant.

— Il faut que tu appelles Hélène, murmura ma mère avant d'éclater en sanglots.

— Maman ?

— Appelle Hélène, répéta-t-elle en reniflant lourdement. Je t'en prie, appelle Hélène.

— Dis-moi au moins ce qu'il se passe.

Je voulais qu'elle me le dise. Parce que je sentais déjà ce qu'elle allait m'annoncer. Et je savais que c'était insupportable. Mais, pour une raison inexplicable, j'avais la conviction que l'entendre de la bouche de ma mère rendrait la situation plus soutenable.

— Maman, murmurai-je, en retenant mes larmes. Dis-moi.

Elle s'éclaircit la gorge, et ma main serra plus fort le téléphone. Mon cœur accéléra et, avant même que ma mère reprenne la parole, un début de nausée infâme et brutale me saisit. Finalement, elle lâcha :

— C'est Bastien.

Je secouai la tête, refusant d'en entendre plus. Ça ne pouvait pas être lui. Pas aujourd'hui, ni demain, ni jamais. Il y eut un silence lourd et pesant, pendant lequel perçaient à peine nos respirations. Je finis par retenir mon souffle, avant de me lever de ma chaise, les jambes tremblantes.

— Il… Il a eu un accident ce matin, et… Mon Dieu, je n'arrive pas à y croire, gémit ma mère.

— Un accident de moto ?

— Une voiture l'a percuté. Il avait son casque, mais le choc a été très violent. Il n'a pas survécu.

Ma mère avait adopté un ton froid et professionnel. J'imaginais qu'elle avait fait ce genre d'annonce des dizaines de fois dans sa carrière ; elle avait rencontré des familles éplorées, des enfants dépouillés de leurs parents, des amis sidérés. Elle savait faire quand, moi, j'avais la sensation que le sol se dérobait sous mes pieds et qu'un abîme de tristesse m'attendait. Je me sentais impuissant et vide de toute énergie.

— Tristan ?

— Je… Je vais… Je pars tout de suite chez eux, décidai-je.

— Mon train est demain matin, tu pourras venir me récupérer à la gare ?

— Bien sûr, dis-je d'une voix étranglée. Je… Je fais un sac et je prends la route. Comment va Hélène ?

— Je n'ai pas réussi à lui parler. Son médecin lui a donné un médicament pour dormir. Je ne sais pas si elle te répondra. Mais je suis certaine que ta présence l'apaisera.

— Je n'ai aucune idée de ce que je vais pouvoir lui dire, ajoutai-je en soupirant, effrayé. Je n'arrive pas à croire que Bastien…

Je les avais vus heureux et souriants, prêts à

affronter les quarante prochaines années. En une seconde, leur vie de rêve avait volé en éclats. Hélène devait être dévastée. D'un geste vif de la main, j'effaçai une larme sur ma joue.

— Tu n'as rien à dire, répondit ma mère. Juste… Sois présent pour elle, elle va avoir besoin d'aide.

Elle mit fin à la communication dans l'instant, me laissant désemparé, à fixer bêtement le mur comme s'il allait m'offrir une réponse ou un miracle. Après quelques secondes de silence, la lame de fond de chagrin et de souffrance s'abattit sur moi. L'injustice le disputait à la colère. Je laissai les larmes rouler sur mes joues, avant de balayer du bras ce qu'il y avait devant moi, envoyant valser avec fracas dossiers, bibelots et stylos.

Nullement apaisé, je fis de même avec le bureau de mon assistant, puis chacune des étagères garnies de la pièce. Après ces quelques minutes de destruction, j'admirai les dégâts, le souffle court et le cœur serré. Ça ne m'avait même pas soulagé. Ma rage était trop présente et grandiose pour s'éteindre en quelques minutes.

— Tristan ?

La voix de mon assistant me tira soudain de mon abattement. Je le fixai, sans vraiment le regarder. Ma réalité était désormais sans Bastien.

— On ferme, lançai-je.

— On ferme ? Mais… Pour combien de temps ?

— Le temps qu'il faut. Rentre chez toi, je t'appelle quand je reviens.

— Tu ne veux pas que je range tout ça avant ?

— Ça ne changera rien. Rentre, s'il te plaît.

Après un ultime coup d'œil vers la pièce, il récupéra son téléphone au sol et sa veste accrochée à son siège. Il devait se poser mille questions, mais je n'étais pas capable de répondre à une seule. Tout ce qui me revenait, encore et encore, c'était que Bastien n'était plus là et que, quelque part, Hélène dormait, les yeux rougis et le corps perclus de chagrin.

— Tristan, est-ce que… Est-ce que je peux faire quelque chose ?

— Non. Enfin, si. Appelle le magazine et dis-leur que je ne pourrai pas rendre les photos dans les temps. Dis-leur que je suis désolé, mais que je ne peux pas faire autrement.

Il hocha la tête et, de manière inédite, m'offrit une tape amicale dans le dos, en guise de soutien.

— Appelle quand tu veux.

Je gardai les poings serrés et parvins à canaliser ma colère. Après son départ, je fermai le studio et rentrai chez moi. Dans un brouillard cotonneux, je réussis à boucler une valise et à prendre ma voiture pour me rendre chez Hélène. Je n'avais que cette seule obsession : la consoler et m'assurer que, malgré tout, malgré cet enfer soudain et imprévisible, elle tenait le coup. Je passai le voyage à retenir mes larmes et à chercher une explication rationnelle à ce drame.

Il n'y en avait aucune, bien sûr. Nous n'avions rien fait de mal pour mériter de vivre ça. Et même si cela avait été le cas, cela n'aurait pas rendu cette mort révoltante plus acceptable.

J'arrivai en Bretagne, chez Hélène et Bastien, avant la tombée de la nuit. La maison était plongée dans l'obscurité, à l'exception d'une lueur blafarde dans le salon. Les mains sur le volant, je m'interrogeai sur ce que j'allais dire à Hélène. Des banalités, sûrement. J'arrivais à peine à supporter ma douleur, qui surgissait par vagues, à chaque souvenir heureux avec Bastien. Je n'osais imaginer ce que ressentait Hélène. Aucun mot ne pouvait la soulager.

Je rassemblai mes dernières bribes d'énergie et de courage et m'extirpai de la voiture. Je calai la bandoulière de mon sac sur mon épaule et toquai doucement à la porte d'entrée, m'attendant à voir la mère d'Hélène. À ma grande surprise, Hélène m'accueillit.

À ma vue, son visage pâle s'éclaira faiblement, et elle se rua dans mes bras pour pleurer de toutes ses forces.

— Je suis tellement désolé, murmurai-je en la serrant fort contre moi.

J'espérais naïvement engloutir sa peine. J'étais plus grand qu'elle, je pouvais le faire ; je pouvais la soulager d'un poids en le prenant sur mes épaules. Nous restâmes ainsi de longues minutes, enlacés, sur le seuil de leur maison. De sa maison. Cramponnés l'un à l'autre, nous tentions de nous sauver du marasme. Peut-être que, si nous faisions face tous les deux, les vagues de douleur s'écraseraient moins violemment sur nous.

— Merci d'être venu, murmura-t-elle finalement.

— Tu es toute seule ?

— J'ai demandé à tout le monde de partir. Je ne pouvais plus voir leurs larmes.

— Tu veux que j'aille à l'hôtel ?

— Non, viens. J'ai ouvert une bouteille de vin.

Durant les trois jours suivants, je restai en compagnie d'Hélène, la suivant comme une ombre tant dans les démarches administratives que dans la gestion de son deuil. Prendre soin d'Hélène m'évitait de penser à moi et à ce que je ressentais. J'avais cadenassé ma peine dans un coin de mon cerveau, me promettant de m'en occuper plus tard.

J'avais l'habitude de ce procédé : je le faisais depuis des années dès que le visage d'Emma surgissait dans mon esprit pour me rappeler qu'elle avait encore une fois déserté ma vie.

Pendant ces trois jours, à ma grande surprise, cette dernière ne donna aucun signe de vie ; Hélène et elle étaient pourtant proches.

— Tu en es où avec Emma ? demanda finalement Hélène, alors que nous traversions tous les deux une nouvelle nuit blanche.

— Je n'ai pas de nouvelles depuis que nous avons rompu. Ou, plutôt, depuis qu'elle a décidé de disparaître de ma vie du jour au lendemain.

— Tu penses toujours que c'est la femme de ta vie ?

— J'en suis certain. C'est pour ça que j'attends.

— Tu as tort. La vie est trop courte.

Je passai le reste de la nuit avec Hélène à feuilleter de vieux albums de photos tout en écoutant l'intégralité de la discographie des Rolling Stones. L'enterrement était dans quelques heures, mais nous refusions tous les deux de faire face à la réalité. Je n'avais aucune idée de qui soutenait l'autre. Mais, à deux, le chagrin était plus supportable.

— Je ne sais pas comment je vais faire, m'avoua-t-elle finalement alors que le jour se levait.

— Je serai là, assurai-je. Ça sera une journée difficile, mais tu...

— Je parlais du reste. De demain, d'après-demain, des années à venir. Comment fait-on pour survivre à l'absence. ?

— Aucune idée, lui répondis-je, sincère. On fait avec, un jour après l'autre, j'imagine.

— Promets-moi de ne jamais me balancer de phrases toutes faites ou de proverbes à la con.

— Du genre ?

— Du genre « demain est un autre jour » ou « après la pluie, vient le beau temps ». Ou, pire encore « il veille sur toi de là-haut » ou « il ne voudrait pas te voir triste ».

— La plupart des gens disent ce genre de choses parce qu'ils ne savent pas quoi dire d'autre.

Hélène leva les yeux au ciel et se leva du canapé dans lequel nous étions installés. Elle passa une main sur ses yeux rougis et poussa un long soupir. Nous ne pouvions plus reculer maintenant. Après trois jours seul à seul à brasser des souvenirs, à écouter de la musique et à pleurer autant de rire que de peine, nous devions faire nos ultimes adieux à Bastien.

Elle tendit la main vers moi, m'invitant silencieusement à la rejoindre. Nous échangeâmes un long regard lourd de sens : désormais, nous étions seuls face au vide qu'il avait laissé. Je pris Hélène dans mes bras, la serrant aussi fort que possible.

— Je le déteste, avoua-t-elle dans un sanglot. Je le déteste de m'avoir laissée. Je le déteste d'avoir eu cet accident. Je le déteste de m'abandonner avec un tas de souvenirs si heureux qu'ils vont en devenir insupportables. Je déteste n'avoir plus que ces souvenirs, je déteste me dire qu'il m'a rendu heureuse et que je ne connaîtrai plus ça. Je le déteste d'avoir piqué ma fichue place de parking. Je le déteste, je le déteste ! souffla-t-elle contre mon T-shirt trempé de ses larmes.

— Je le déteste aussi.

— Tu devrais le dire dans ton hommage, suggéra-t-elle en ravalant un rire nerveux.

— Tu le veux vraiment ?

— Je n'ai jamais supporté ces enterrements où tout le monde vénère celui qui est mort. J'aime Bastien et je l'aimerai sûrement pour toujours. Mais, maintenant, à cet instant précis, je le déteste de nous faire vivre ça.

Je me contentai de hocher la tête. Hélène avait raison sur les poncifs, les phrases toutes faites et l'hypocrisie latente.

Elle avait raison sur la place béante que laissait Bastien. Diriger sa colère contre son mari, c'était sa manière à elle de la colmater. Hélène avait toujours été une optimiste et une battante. Cette journée ne faisait pas exception à ses habitudes : elle se battait pour remonter à la surface, et je ne pouvais que l'en admirer davantage.

— Je vais le faire.

— Hélène m'a demandé de dire quelques mots devant vous aujourd'hui.

Je relevai péniblement les yeux vers la foule remplissant l'église. La famille, les amis, les collègues, des proches, des moins proches… Bastien avait toujours eu la capacité folle de se lier rapidement et d'éclabousser les gens de sa gentillesse. Je ne comprenais que maintenant que son absence allait marquer tant de vies.

Mon regard accrocha celui d'Hélène, et elle m'adressa un hochement de tête d'encouragement. C'était pour elle que je prenais la parole, pour lui dire que nous étions présents et que Bastien, même disparu, resterait parmi nous. Je rassemblai des bribes d'énergie et dépliai le papier sagement rangé dans ma veste. En guise de discours, je n'avais que quelques mots griffonnés à la va-vite le matin même.

— Bastien était mon cousin. Il était aussi probablement mon héros, l'équivalent d'un grand frère qu'on admire, commençai-je d'une voix étranglée par le chagrin. Nous avons toujours eu un lien spécial, et je le considérais comme mon meilleur ami. Je…

Les lignes se brouillaient devant mes yeux. Mes larmes coulaient, incontrôlables et silencieuses, tandis que je prenais peu à peu conscience que Bastien n'était plus là. Je tentai de reprendre mon souffle et chassai mes larmes du bout des doigts. Je devais tenir. Pour Hélène, pour ma mère et sa sœur qui semblaient comme anesthésiées par la douleur au premier rang. Je m'éclaircis la gorge et décrétai aussitôt que ce discours n'était pas ce que je devais dire.

Je risquai un œil vers le cercueil en bois verni, cerné d'une multitude de fleurs blanches. Malgré moi, un rire s'échappa de mes lèvres.

— Il faut que je vous dise que Bastien était allergique

au pollen. Au dernier degré. Lors de son premier dîner avec Hélène, il a acheté des roses.

Devant moi, l'ombre d'un sourire éclaira faiblement le visage d'Hélène. Je continuai :

— Par dizaines. Il en a fait livrer la majorité chez elle, mais il a gardé un bouquet pour le lui offrir directement. Il ne voulait pas ruiner le moment, alors il a avalé autant d'antihistaminiques que possible pour tenir le coup. Je crois qu'il était tellement drogué qu'il n'avait presque aucun souvenir de ce dîner.

Je ris à nouveau, au souvenir de son appel le lendemain.

— Bastien m'a appelé après votre dîner, repris-je, les yeux rivés sur Hélène. J'ai tellement ri de l'imaginer, à peine conscient, tenter de te séduire. Mais, je me souviens surtout qu'il m'a dit : « j'ai rencontré la femme de ma vie, Tristan. » Il en avait déjà la certitude. Votre histoire était improbable mais je l'envie. Parce qu'on envie toujours les gens pour qui le bonheur semble facile et évident.

Je m'accrochais au pupitre, sentant mes dernières forces m'échapper. Mes jambes tremblaient, mon ventre se tordait dans une douleur insupportable. Regarder Hélène me maintenait debout : si elle parvenait à assister à ça sans craquer, je pouvais le faire. Je le devais.

— Plus jeune, Bastien m'a appris des tas de choses. Grimper aux arbres, voler des pommes chez le voisin, souffler dans un brin d'herbe, draguer les filles, tricher en maths, rentrer chez moi à pas d'heure en ne faisant aucun bruit, nouer une cravate… Je ne sais pas si j'aurais survécu à l'adolescence sans lui. Il était drôle, affectueux et, la plupart du temps, bienveillant. En tout cas, tant que vous ne tentiez pas de lui voler ses frites ou de lui piquer ses bonbons.

Pendant un court instant, l'ambiance me parut plus légère. Je décelai quelques sourires dans l'assemblée. J'imaginais que les souvenirs des uns et des autres resurgissaient. C'était ce que je voulais retenir de Bastien : uniquement le positif.

— J'ai une foule d'histoires à raconter sur Bastien. Des trucs honteux, surtout. Notamment son addiction aux pizzas à l'ananas. Cela demeure pour moi encore un mystère. Mais ce que je veux surtout évoquer ici, c'est sa loyauté absolue en amitié et son amour sincère pour sa femme, Hélène.

Je captai le regard d'Hélène, embué de larmes. Elle résistait avec force et dignité. Sûrement parce que, comme moi, elle craignait de s'effondrer sans pouvoir se relever.

— J'ai assisté à la naissance de votre histoire. Ce dîner, une expo Van Gogh, une séance de sport où Bastien a tenté de te faire croire qu'il courait vingt kilomètres chaque semaine et où il a fini par feindre un appel urgent pour sauver son reste de dignité, votre emménagement, la bague, le mariage, votre première danse.

Je repris mon souffle, cherchant mes mots pour

conclure. Je n'avais aucune idée du chagrin que devait ressentir Hélène. Emma m'avait brisé le cœur, encore et encore, mais elle pouvait toujours le ranimer. Elle était vivante, là, quelque part. Pour Hélène, il n'y avait plus cet espoir ténu. Juste le vide et une ribambelle de souvenirs heureux qui ressemblaient à un couteau aiguisé dans une plaie à vif.

À l'instant où j'allais reprendre la parole, une porte grinça sur la droite et laissa passer la lumière blanche du soleil brûlant. Une silhouette se faufila, et je me figeai en reconnaissant Emma. Elle me jeta un regard triste et s'installa sur un banc, au milieu de l'église, avant de river ses yeux sur le cercueil. La gorge sèche, je terminai mon éloge :

— Je sais qu'il va nous manquer à tous. Mais je tiens à dire qu'en ce moment je crois que nous sommes aussi quelques-uns à le détester profondément. On le déteste pour avoir disparu si vite, sans un mot. On le déteste pour nous laisser aussi désemparés et seuls. Bastien, on te déteste, assénai-je d'une voix tout sauf convaincue.

Puis, silencieusement, après avoir posé une main furtive sur le cercueil, je me réinstallai auprès d'Hélène qui me gratifia d'un coup de coude amical et me murmura :

— Merci.

La cérémonie se termina, et un petit groupe de proches accompagna Bastien jusqu'au cimetière. Plusieurs fois, je croisai le regard d'Emma, prenant même le risque de le soutenir pour la défier. La dernière fois que nous nous étions vus, c'était chez moi, après avoir passé la nuit ensemble. Je lui avais proposé d'emménager avec moi, question qu'elle avait esquivé, et un dîner, qu'elle avait accepté, sans jamais s'y présenter. J'avais accusé le coup et tenté de lui soutirer une explication. Mais Emma avait ignoré mes appels et était restée fidèle à elle-même : elle m'avait fui.

La mort de Bastien me touchait tellement que je n'avais plus de place pour la colère.

— Va lui parler, m'intima Hélène alors que je proposais de la raccompagner.

— Ce n'est pas le jour.

— Au contraire. La mort remet toujours tout en cause. Elle compte pour toi, et je sais que tu comptes pour elle, ne sois pas borné.

— Je ne veux pas te laisser seule.

— Je vais être seule le reste de ma vie, Tristan. Autant m'habituer à la situation. Va la voir.

Hélène ne me laissa pas le temps de répondre. Elle quitta le cimetière à pied, en direction de la maison qu'elle avait achetée avec Bastien, pendant que la foule se dispersait. Je restai seul sur le parking, me demandant quel genre de banalités j'allais pouvoir sortir pour nouer le dialogue.

— Tu as raison, on le déteste, fit une voix familière derrière moi.

Je pivotai, trouvant Emma, toujours aussi belle malgré ses joues marquées de larmes et son regard triste.

— Très beau discours, continua-t-elle. J'ai manqué le début, mais la chute était très touchante.

— J'ai cru que tu ne viendrais pas.

— J'étais en vacances à l'étranger, j'ai pris le premier vol disponible. C'était un long vol.

— Suffisamment long pour trouver une explication à ton silence de ces derniers mois ?

— Pas vraiment. Au travail, j'arrive à tout analyser, à tenir compte de chaque paramètre pour prendre la bonne décision mais, visiblement, je ne sais pas faire ça dans ma vie privée.

Elle approcha de moi et, délicatement, prit ma main dans la sienne. Nous avions déjà eu ce genre de geste des centaines de fois. Cette fois, pourtant, ce n'était pas moi qui cherchais à me cramponner à elle. C'était elle, qui tentait de me retenir.

— Depuis qu'on se connaît, j'ai pris des tas de mauvaises décisions, admit-elle.

— Ton mariage ?

— Mon mariage, oui. Enfin, mon presque mariage. Ce cours de salsa avec ma cheville en vrac. Cette soirée où j'ai tout fichu en l'air entre nous.

Ce dernier souvenir raviva les braises de ma colère. Après des mois de relation, Emma avait encore pris la fuite, sans explication. Malgré tout, je ne parvenais pas à la détester. Ou à la désaimer. Ça aurait été contre-nature de renoncer à mes sentiments pour elle. L'aimer était évident et simple, le contraire était improbable et douloureux.

— Tu me manques, avouai-je.

— Tu me manques aussi.

— Tu as pris conscience de ça suite au décès de Bastien ?

Je restais sur la défensive. Si Emma voulait renouer notre relation, je voulais qu'elle le fasse pour une bonne raison, et pas seulement par crainte d'être seule. Pourtant, elle semblait écouter ses sentiments et pas sa raison. C'était si rare que cela lui laissait le bénéfice du doute.

— Non, je le sais depuis quelque temps. Mais sa mort m'a donné le courage de te le dire.

— Pourquoi n'as-tu pas donné de nouvelles avant l'enterrement ?

— Tu es toujours en colère après moi ?

— Plus maintenant. Je crois, de toute façon, que je n'arrive pas vraiment à être en colère après toi. J'essaye, mais, ça ne fonctionne jamais. Sûrement parce que je suis fou amoureux de toi.

Un bref sourire éclaira son visage. Pendant un instant, elle parut rassurée par mon aveu. Nerveuse, elle réajusta la bandoulière de son sac sur son épaule.

— Certaines choses ne changent pas, ajoutai-je.

— J'avais peur. Même si on ne se voyait pas autant qu'on le voulait, même si nous n'avions pas pris assez de temps pour la réussir, notre histoire était géniale, tu étais parfait, et je me suis dit… Je me doutais que tu voulais plus. Je n'étais pas prête à ça, à renoncer à mon indépendance et à t'attendre.

— À m'attendre ? répétai-je, sans comprendre.

— Je savais que tu avais ce projet de reportage photo en Afrique, que tu voulais faire des portraits, tu voulais voyager…

— Emma…

— C'était ce que tu voulais avant nous. Je ne voulais pas que tu renonces à ta vie pour moi. Ça aurait été trop injuste.

— Plus injuste que de partir du jour au lendemain sans me donner aucune nouvelle ?

Nous nous affrontâmes du regard. Elle m'avait quitté et je ne pouvais pas croire qu'elle l'avait fait pour mon bien. J'avais imaginé un autre homme, une nouvelle fuite ou une nouvelle épreuve à me faire vivre. J'étais encore marqué par cette horrible journée qui avait vu mon monde basculer en l'espace de quelques heures ; je n'étais pas en état d'argumenter.

Emma lâcha ma main et fouilla dans son sac. Délicatement, elle en sortit un papier journal, plié en quatre. Elle l'ouvrit, me laissant découvrir un article, datant de mon premier voyage au Kenya six mois plus tôt.

— J'ai eu raison de le faire, murmura-t-elle. J'ai vu tes photos, Tristan. Elles sont incroyables. Tu mérites ton succès. Je sais que je t'ai fait du mal et, tu ne vas peut-être pas me croire, mais c'était très difficile pour moi aussi.

Un nouveau silence s'installa. Peut-être avait-elle raison : je ne serais pas parti si loin et si souvent si nous étions restés ensemble. J'aurais hésité, fait d'autres choix. Mais cette carrière m'avait coûté ce qui comptait le plus pour moi : elle. Sur l'article, Emma avait dessiné sa marque de fabrique. Un cœur tracé au crayon ornait le coin gauche de la feuille.

Malgré moi, cela me tira un sourire. Alors, je demandai :

— On fait quoi maintenant ?

— Peut-être qu'on devrait reprendre du début. Je m'appelle Emma et je suis libre demain pour un petit déjeuner, dit-elle en souriant et en tendant la main dans ma direction.

Je fixai sa main pendant de longues secondes.

C'était la première fois qu'elle me donnait le choix.

C'était la première fois qu'elle me proposait un petit déjeuner.

Je l'aimais. Mais je ne savais plus si je voulais l'attendre.

Chapitre 7

Dire que j'avais bien dormi aurait été un mensonge. Dire que j'avais dormi, aussi. Après ma conversation avec Hélène, j'avais passé du temps à ressasser mes souvenirs avec Emma. Devant mon amie, j'avais affiché ma détermination : je savais que j'aimais Emma et qu'une part de moi, même infime, l'aimerait toujours. Seul devant toutes mes photos, je n'en étais plus si certain.

Nous nous étions donné plusieurs chances et nous avions, à chaque fois, renoncé. Peut-être que c'était plus sage. Peut-être que, en fin de compte, nous n'étions pas faits pour être ensemble mais plutôt pour traverser la vie de l'autre pour de courts moments.

Je vivais dans mes souvenirs et j'étais persuadé, que, comme tout le monde, je les avais enjolivés – parce que personne ne souhaite vraiment replonger dans une nostalgie douloureuse, parce que ça rassure, parce que ça rend heureux, même quelques secondes. Mais je savais aussi que mon histoire avec Emma ressemblait, au mieux, à de la folie pure, au pire, à de l'acharnement.

J'avais été incapable de choisir une quatrième photo. D'une manière ou d'une autre, chaque cliché réveillait un souvenir endormi de ma relation avec elle. Un portrait d'une famille mexicaine me ramenait à cette soirée folle où, sur un coup de tête, au lendemain de notre première nuit ensemble, nous avions faits nos valises pour partir en vacances ; ce paysage enneigé et lunaire en Norvège me renvoyait à la semaine suivant notre rupture : j'avais quitté le pays en espérant que le travail apaiserait mon cœur blessé ; ce cliché d'un médecin humanitaire au fin fond de l'Afrique m'évoquait une conversation que j'avais eue avec Emma : elle aussi voulait donner de son temps aux autres.

Pendant longtemps, j'avais blâmé mon travail et le sien. Nous nous croisions, nous échangions des messages, nous passions nos nuits ensemble, mais nous étions tous les deux accaparés par nos métiers et nous manquions de temps. Nous ne parlions pas et, surtout, je n'osais pas évoquer de sujets épineux, car je craignais de voir Emma me filer entre les doigts. C'était une excuse parfaite.

Jusqu'à maintenant.

Plus qu'une excuse, c'était un refuge, une façon

de refuser de voir la réalité en face : nous n'étions pas prêts. En tout cas, pas au même moment. Emma pensait à ma carrière, aimait notre relation comme elle était, pendant que je voulais aller vite et trouver un moyen absurde de la garder pour de bon. Je courais quand elle marchait. J'aurais dû me douter que cela se terminerait ainsi, qu'elle aurait peur du fameux vide dans lequel je voulais sauter à pieds joints avec elle. Et qu'elle finirait par prendre la fuite.

C'était le problème quand vous vous en remettiez au hasard : il vous jouait autant de bonnes surprises que de mauvais tours.

Désormais, je ne voulais plus jouer. Ou alors, uniquement si je fixais les règles pour éviter de finir en miettes, à espérer l'improbable. Ma conversation avec Hélène m'avait ouvert les yeux : j'étais tout aussi prêt à donner une dernière chance à mon histoire avec Emma qu'à y renoncer. Mais, pour ça, il fallait que je lui parle et qu'on assume notre part d'erreurs et de silences.

Nous ne ferions jamais table rase du passé. Notre histoire était tumultueuse et inattendue, j'en avais cependant aimé chaque instant. Tous ces moments, infimes ou plus longs, nous avaient permis de construire la relation chaotique, instable mais unique que nous partagions. Il s'agissait maintenant de savoir si je devais enterrer tout cela dans un coin perdu de mon esprit ou si, au contraire, je revendiquais nos moments ensemble pour la retrouver. Voir s'étaler sur des photos ma vie depuis ma rencontre avec Emma m'avait mis face à la nécessité pour moi d'avancer : je ne pouvais plus attendre, me raccrochant à l'espoir que le destin nous réunirait un jour. Je devais écrire mon propre destin, avec ou sans Emma.

— Je t'ai pris un soda, annonçai-je à Hélène en lui tendant un gobelet.

Nous avions passé une partie de la journée ensemble et fait un crochet à son hôtel pour qu'elle se change avant le vernissage.

— Merci. Sommes-nous en retard ?

— Pas du tout.

Hélène lissa sa robe verte, vérifiant qu'elle tombait parfaitement. Le tissu reflétait la couleur de ses yeux, et elle avait pris soin de remonter son imposante chevelure rousse dans un chignon. Je regrettais de ne pas avoir pris mon appareil-photo : elle aurait fait le parfait modèle pour une photo glamour.

— Tu es très élégante.

— J'arrive au bras de l'artiste de l'année pour le vernissage de sa rétrospective, j'essaye d'être à la hauteur.

Sans me demander mon avis, elle posa les mains sur le col de ma chemise blanche et l'ajusta. Je n'étais pas sûr d'être aussi classe qu'elle, mais risquai tout de même un sourire.

— Tu es aussi très chic, ajouta-t-elle. Je dois admettre que le costume te met en valeur.

Elle retira ses mains et enroula son bras autour du mien pour nous guider hors de l'hôtel.

La galerie était nichée dans une impasse pavée, dans le quartier de Saint-Germain-des-Prés. Il faisait suffisamment doux pour marcher sur les bords de Seine jusqu'à la galerie où Liliana nous attendait pour les ultimes ajustements. La connaissant, elle devait être sur les nerfs, en train de courir partout et d'aboyer sur les pauvres âmes qui l'aidaient.

— Ce type t'a littéralement dévoré des yeux, murmurai-je à Hélène après être passé à proximité d'un passant trop curieux.

— Tu sais, je me demande si je ne suis pas un peu ringarde : j'ai besoin de savoir où je vais, dans quoi je m'engage. Et je crois que j'ai oublié les codes. Du genre : à quel moment est-ce qu'on considère que c'est sérieux ? Ou quand dois-je l'inviter chez moi pour passer la nuit ?

— Tu ne devrais pas trop réfléchir à tout ça !

— Dit le type qui intellectualise à mort toute sa relation avec une fille qui passe son temps à s'évaporer.

— Touché, dis-je, souriant. Je ne suis peut-être pas le mieux placé pour te conseiller. Mais, je sais que n'importe quel homme aura de la chance de rencontrer une fille comme toi.

— Comme moi ? Merde, est-ce que j'ai une définition quelque part ?

— Douce, drôle, gentille, époustouflante, déterminée, capable de prendre soin de vous sans même s'en rendre compte.

Hélène tourna son visage diaphane vers moi, visiblement émue. Je déposai un baiser affectueux sur son front, la remerciant silencieusement. Nous reprîmes notre marche, serrés l'un contre l'autre.

— Il faut que je te dise : tu es superbe, Tristan. Pas au sens des beautés froides sur papier glacé, au sens animal et instinctif. Tu attires les femmes, pas seulement parce que tu es beau mais parce que tu es mystérieux et inaccessible. Les codes amoureux, pour toi, sont beaucoup plus simples à retrouver.

— Tu vas me faire rougir.

— En fait, c'est à cause de la part sombre dans ton regard : elle dit « ne pas s'approcher » mais vu qu'on a toutes l'esprit de contradiction, on veut forcément en savoir plus. Ce que ces filles ne savent pas, c'est qu'elles n'ont aucune chance, face à ce que tu ressens pour Emma.

Je poussai un soupir. C'était sûrement vrai. Avant elle, j'avais collectionné les filles ; après elle, je ne savais même plus en regarder une. À quelques pas de la galerie, je nous arrêtai.

— Je vais l'appeler, dis-je, sûr de moi.

— Vraiment ? Ou juste pour tomber sur son répondeur ?

— Je vais l'appeler, répétai-je. Tu as raison sur un point : je suis un peu cinglé. Mais je crois que rester ici, à attendre un nouveau coup du hasard va me rendre encore plus fou.

— Attends, tu vas programmer une rencontre ?

— C'est bien ce que tu voulais, non ? Qu'on se parle, qu'on se retrouve peut-être…

— Oui. Sauf que… Je ne sais pas, tu ne trouves pas que ça manque de magie ? Ou de poésie ?

Je la dévisageai, incrédule. Après m'avoir encouragé à appeler Emma et à prendre les devants, maintenant Hélène me freinait ! Elle avait prôné le pragmatisme et me parlait poésie.

— Hélène, on a discuté de ça toute la journée d'hier. Tu as réussi à me convaincre et, maintenant, tu as des doutes ?

— Ce que je veux dire, c'est que pendant des années, vous avez vécu votre histoire avec des moments suspendus et des histoires de petits déjeuners. Je trouve ça dommage que vous ruiniez tout ça avec un rendez-vous planifié.

— Ce qui serait dommage, ça serait de tout ruiner, tout court.

— Certes, concéda-t-elle.

— Tu vas me donner son numéro ? Je l'appellerai à la fin de la soirée.

— Sans problème. On y va ? Prêt à affronter un bout de ta vie accrochée sur des murs ?

— Aussi prêt que possible.

Professionnelle, Liliana avait merveilleusement orchestré l'exposition. Le matin, je lui avais transmis les dernières photos sélectionnées et elle avait aussitôt commandé les tirages grand format nécessaires. Elle avait même pris le temps de prévoir les cartouches explicatifs. J'allais devoir lui offrir une tonne de chocolats en guise de remerciement et d'excuse pour mon attitude revêche.

Quelques heures plus tard, nous avions accueilli les premiers invités sur fond de musique douce. J'avais bu du champagne, grignoté des petits-fours, serré des mains, accepté des compliments et raconté des histoires sur chacune des photos.

De temps à autre, j'avais capté le regard d'Hélène qui papillonnait avec aisance parmi les petits groupes d'invités. Sa présence me rassurait : elle seule savait vraiment qui j'étais, loin de l'image du photographe célèbre et de cette ambiance chic et feutrée.

— Vous travaillez sur de nouveaux projets ? me questionna une journaliste.

— Je ne sais pas trop. Je voulais voyager à nouveau, mais je me demande si je ne vais pas plutôt faire une thématique autour de Paris.

— Oh ! intéressant. Sous quel angle ?

— Les portraits, comme toujours.

Je discutai avec elle pendant de longues minutes, avant d'être rejoint par Hélène, tout sourires. Elle enroula son bras autour du mien, me félicitant pour l'exposition et me sauvant ainsi de nouvelles questions de la part de la journaliste.

— Elle te dévorait des yeux, murmura mon amie, en m'entraînant à l'opposé de la salle.

— Elle était juste professionnelle.

— Oui, en te dévorant des yeux. Elle joint l'utile à l'agréable, qui pourrait la blâmer ? Tu es la star de la soirée et cette chemise ne demande qu'à être arrachée.

— Tu recommences à me draguer ?

— Pas vraiment. Je fais mousser mon ego : je n'ai jamais vu autant de femmes, voire quelques hommes, me jalouser. J'adore ça !

Nous arrivâmes devant la dernière partie de l'exposition, celle avec nos trois photos. Maintenant que je les voyais réunies, j'étais heureux du résultat. Cela me résumait parfaitement.

— Merci, murmurai-je.

— Pour les photos ?

— Et pour tout le reste.

— De rien.

Elle me tendit un bout de papier, plié en deux. Je fixai les photos devant moi, m'attardant sur le visage assoupi d'Emma. Je l'aimais à l'attendre. Mais je voulais plus qu'une nuit, une relation en pointillé ou quelques heures volées. Je voulais figer l'instant et la garder pour toujours.

— Appelle-la. J'ai vérifié : elle ne travaille pas ce soir.

— Oh ! donc je risque de louper le répondeur ?

— Tu risques plein de choses, mais tu as toujours aimé vivre dangereusement, non ?

— Non, répondis-je dans un rire.

— Tu devrais te faufiler à l'extérieur avant que cette journaliste ne trouve un nouveau prétexte pour venir te parler. Tu veux que je lui raconte cette histoire de chambre et de torse humide ?

— Je crois que ton ego a été assez gonflé pour la soirée.

Je lui pris le morceau de papier des mains et, après lui avoir adressé un sourire reconnaissant, je m'extirpai de la galerie. La foule s'estompait peu à peu, et Liliana ne manqua pas de me rattraper sur le pas de la porte, inquiète de me voir prendre la fuite.

— Un appel à passer, et je reviens, promis-je.

— Il y a encore un journaliste qui voudrait te parler, et un client est intéressé par les dernières photos que tu as apportées.

— Je ne les vends pas.

— Mais…

— Non négociable. Je reviens dans trois minutes.

Son sourire s'effaça, mais je savais qu'elle comprendrait. Dans la rue, le bruit sourd de la circulation et le froid piquant me saisirent aussitôt. Je retrouvai mon souffle, comme si j'avais retenu ma respiration pendant toute la soirée. J'étais envahi par le soulagement : j'étais ravi d'être seul mais aussi et surtout d'avoir pris une décision.

J'allais l'appeler.

J'allais prendre en main mon destin.

J'hésitai pourtant une courte seconde, l'index suspendu au-dessus de l'écran de mon téléphone. Cela ne nous ressemblait pas. Mais, dans la mesure où le hasard avait échoué à nous réunir durablement, le provoquer finirait peut-être par nous sourire.

Je composai son numéro et collai l'appareil à mon oreille. Tournant le dos à la galerie, je fixais le restaurant installé juste en face, concentré. Quand, enfin, un déclic retentit, mon cœur s'emballa dans l'instant. Même loin, Emma me faisait toujours cet effet dévastateur, comparable à une douce et heureuse ivresse. Avec elle, tout devenait possible.

— Emma ?

— Tristan ?

Nous rîmes au même moment, parfaitement synchronisés et complices. Rien n'avait vraiment changé.

— Hélène m'a donné ton nouveau numéro. Je me disais... Je me disais qu'on pourrait se revoir ? demandai-je dans un souffle.

— C'est vraiment ce que tu veux ?

— Je crois, oui. Sauf si… Sauf si tu penses que c'est sans intérêt.

Sauf si tu es avec quelqu'un.

Sauf si tu aimes ce quelqu'un que je déteste déjà.

Sauf si tu penses que c'est trop tard.

Sauf si tu considères que j'ai agi comme un idiot la dernière fois.

Sauf si tu refuses de nous donner une chance.

Sauf si le hasard se moquait encore de moi…

— Non. J'aimerais beaucoup te revoir. On pourrait… On pourrait partager des tartines et un café ?

Sa voix était enjouée et légère, pleine de promesses et de douceur. J'avais la sensation d'être un ado stupide, vivant ses premiers émois : l'entendre me rendait vraiment heureux, heureux à en sourire largement et à trépigner de joie.

— Tu es disponible bientôt ?

Maintenant. Demain. Dans douze heures, mais pas une de plus. L'attendre avait toujours été pénible, mais là je trouvais que c'était insoutenable. Tous mes espoirs tenaient dans sa réponse.

— Un jour, sûrement.

Je me figeai. Cette voix… Elle ne provenait plus du téléphone mais de derrière moi. Une voix douce, chaude, qui m'avait tiré des frissons, parfois, et des sourires, souvent. Je me tournai prudemment, conscient que mon cerveau pouvait me jouer des tours.

Emma était là. Sa longue chevelure nouée dans une

natte portée sur l'épaule gauche, ses yeux pétillant de malice, ses lèvres pleines, son allure élégante, même dans un jean noir et un pull écru qui dévoilait le début de sa poitrine.

— Un jour, sûrement, répéta-t-elle avec un sourire.

Sans attendre, je la pris dans mes bras, m'enivrant de son parfum d'été, mélange de cèdre et de jasmin. Elle enroula ses bras autour de ma taille, me rendant mon étreinte avec chaleur. En une seconde, tous mes doutes, toutes mes failles disparurent.

En une seconde, je nous pardonnai nos erreurs et je refis confiance au hasard.

Ou à Hélène, qui m'adressa un petit signe de l'intérieur de la galerie.

— La poésie, murmurai-je à son attention.

Elle hocha la tête et, d'un geste de la main, m'encouragea à quitter les lieux au plus vite. Liliana allait me maudire.

— Emma ?

— Tristan ?

— Ça te dirait de prendre la fuite ?

Elle s'écarta légèrement de moi et releva ses yeux pour les planter dans les miens. Notre première escapade avait marqué le début de notre histoire. J'étais prêt à recommencer et, à son large sourire, je savais qu'elle aussi.

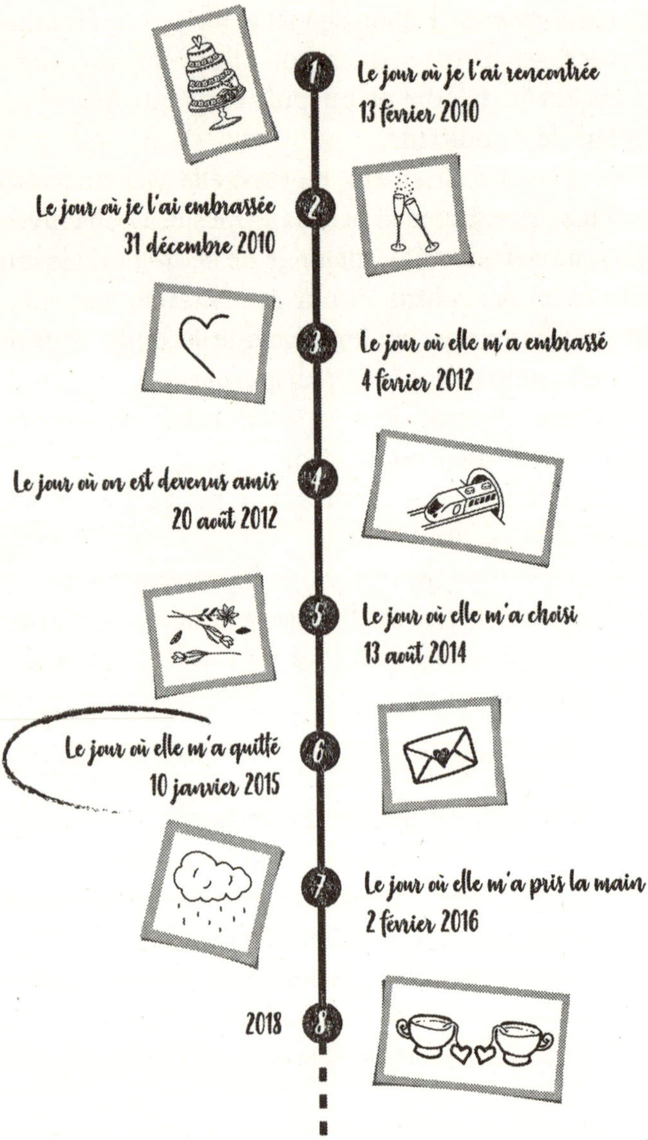
1
Le jour où je l'ai rencontrée
13 février 2010
2
Le jour où je l'ai embrassée
31 décembre 2010
3
Le jour où elle m'a embrassé
4 février 2012
4
Le jour où on est devenus amis
20 août 2012
5
Le jour où elle m'a choisi
13 août 2014
6
Le jour où elle m'a quitté
10 janvier 2015
7
Le jour où elle m'a pris la main
2 février 2016
8
2018

Le jour où elle m'a quitté
10 janvier 2015

Je sortis de l'avion à toute vitesse, courant même dans les couloirs menant aux bagages. Après dix jours à l'étranger, je ne voulais qu'une chose : entendre la voix d'Emma. Ces derniers jours, entre mes séances photo et ses gardes à l'hôpital, nous avions communiqué uniquement par messages interposés. Avec un peu de chance, j'arriverais à lui parler avant qu'elle retourne à l'hôpital.

Je composai son numéro en arrivant devant le carrousel à bagages, tapant impatiemment du pied. Après les quatre sonneries habituelles, je basculai directement sur son répondeur. J'avais plus parlé avec cette machine en quelques jours qu'avec Emma en un mois. Poussant un soupir de frustration, je coupai la communication sans même laisser un message.

Après avoir récupéré ma valise, je sortis de l'aéroport et grimpai dans le premier taxi. Mon téléphone vibra dans ma poche, et le visage souriant d'Emma s'afficha.

— J'étais sous la douche, dit-elle précipitamment. Je t'ai loupé !

— Je suis dans un taxi, je rentre. On reprendra une douche ensemble.

— Impossible, je suis attendue pour une garde !

Elle avait dû mettre son téléphone sur haut-parleur, car je devinais distinctement le grincement de la porte de son armoire branlante, suivi d'un froissement de tissu. Elle était en train de s'habiller.

— On ne devait pas prendre le petit déjeuner ensemble ? lui rappelai-je, un peu contrarié.

— Si. Mais les deux autres pédiatres sont malades alors ils m'ont rappelée en urgence hier soir.

Je dirigeai mon attention vers la route. La circulation était étonnamment fluide et, sans cette garde de dernière minute, j'aurais été dans les temps pour rejoindre Emma blottie sous sa couette et passer la journée avec elle. C'était ce que nous avions prévu : une journée rien qu'à nous, sans nos métiers respectifs, sans sortir du lit et sans nous préoccuper du reste du monde.

— Et ils sont malades pour combien de jours ? demandai-je, devinant que je n'allais pas aimer la réponse.

— Juste pour aujourd'hui, je suis libre ensuite tout le week-end.

— Tout le week-end ? Emma, tu ne sais même pas ce qu'est un week-end !

— J'ai pris toutes les gardes les plus merdiques depuis six mois pour obtenir ces deux jours complets.

— D'accord, d'accord, abdiquai-je, frustré de ne pas la voir immédiatement.

— Tu m'en veux ?

Cette fois, ce furent le bruit de ses bottes contre le parquet que j'entendis. D'ici quelques secondes, elle quitterait son appartement, et la communication couperait ; son ascenseur était bien trop hermétique pour une conversation téléphonique.

— J'ai l'impression qu'on se croise beaucoup, c'est tout, marmonnai-je. J'ai envie de te voir. Et de te toucher. Et de te sentir.

J'ignorai le coup d'œil que me lança le chauffeur de taxi dans son rétroviseur. Emma me manquait. Je passais soit pour un obsédé, soit pour un fou furieux : c'était sans importance. Je relevais sûrement des deux.

— On se verra, assura Emma. Je te rejoins chez toi demain matin, dès que j'ai bouclé ma garde.

— Je déteste que tu sois aussi investie dans ton travail, tu sais.

— C'est mon côté super héros. Je ne pouvais pas vraiment refuser.

— Je sais. Et ce n'est pas du tout ce que je te demande. C'est juste que… Disons que ça tombe mal. J'avais vraiment envie de te voir.

— De me voir seulement ?

— Difficile de seulement regarder quand on peut toucher. Et avant que tu ne répondes, je sais que tu aimes beaucoup ça, toi aussi.

— C'est donc ça tes plans pour les deux prochains jours ?

— Mon plan est de t'attacher à mon lit, de te faire

gémir mon nom et de faire en sorte que tu oublies de rentrer chez toi ensuite.

— C'est très ambitieux, dit-elle d'une voix enrouée.

— J'ai lutté pour t'avoir, je lutte maintenant pour te garder.

Je jetai un nouveau coup d'œil vers le chauffeur de taxi. Il eut la politesse de monter le son de sa radio, et de faire comme s'il n'épiait pas ma conversation. J'entendis Emma pousser un long soupir avant de lâcher :

— Et maintenant je dois aller au travail avec tout un tas d'images indécentes en tête.

— Vraiment ?

— Vraiment. D'ailleurs, je pense qu'il est temps que nous inaugurions ce meuble dans ta cuisine, répondit-elle, avec une voix innocente qui réveilla aussitôt mon corps engourdi.

— Et c'est moi l'ambitieux ?

— Tu as raison, nous n'arriverons sûrement pas jusqu'à la cuisine. Surtout avec ma toute nouvelle lingerie.

— Emma, murmurai-je. Tu vas me tuer, avant même que je te touche.

— C'est moi qui te toucherai alors.

Elle claqua la porte de son appartement. Notre temps était compté. Je fermai les yeux, tentant de canaliser la vague d'excitation qu'avait provoqué ma petite amie en quelques secondes. C'était vain.

Derrière mes paupières, je ne voyais que la silhouette parfaite d'Emma, ondulant au-dessus de mon corps, en gémissant son plaisir.

— C'est criminel ce que tu viens de faire, grognai-je.

— Parce que me dire que tu vas m'attacher et me garder dans un lit pendant deux jours, c'est tout à fait innocent ?

— C'est juste une description.

— Tristan, je ne t'ai pas vu depuis dix jours, dans quel état crois-tu que je sois ? Tu n'es pas le seul à avoir des projets. Personnellement, le mien tient en deux mots.

Je me contentai de gémir. J'avais fantasmé sur mon retour et sur le temps que je passerais avec Emma depuis le jour même de mon départ de Paris. Rationnellement, j'aurais pu me dire qu'une journée de plus ne changerait rien. Sauf que l'entendre suffisait à rendre l'attente insupportable.

— Lesquels ? demandai-je.

— Aucun préliminaire.

Puis elle raccrocha.

— Putain, Emma ! jurai-je, comme si j'étais seul dans mon salon.

De frustration, je lançai le téléphone sur la banquette en cuir, avant de passer une main sur mon visage.

— Elles nous rendent toutes cinglés, commenta le chauffeur de taxi.

— Pas toutes, juste elle, rectifiai-je.

— Oh. Depuis longtemps ?

— Depuis cinq ans.

— Longue relation.

— Si on peut dire.

Cinq ans depuis l'instant où j'avais posé les yeux sur elle. Cinq ans depuis le moment où j'avais compris que mon monde ne serait plus jamais le même. Cinq ans à l'attendre, à l'espérer, à l'aimer à en perdre le souffle. Cinq ans à nous croiser, à tenter de la retenir, à tenter de l'oublier.

À l'aimer quand même. Parce que c'était plus fort que tout le reste.

Et, maintenant, cette fichue garde de vingt-quatre heures me paraissait plus interminable que ces cinq années de douloureuse patience.

Quand le taxi me déposa chez moi, j'étais morose à l'idée de passer la journée seul dans mon appartement. En y réfléchissant, je me demandais pourquoi on persistait à garder deux appartements. J'étais volontiers plus souvent chez Emma : c'était plus simple pour elle d'être proche de l'hôpital.

La journée sembla s'étirer de manière interminable. À la faveur du décalage horaire, je parvins à dormir quelques heures, mais me concentrer sur les photos que j'avais prises était peine perdue. À chaque fois, mon esprit dérivait vers Emma, puis vers l'horloge, avant de repenser à notre conversation matinale.

À l'aube, alors que je somnolais sur le canapé, j'entendis enfin le bruit de sa clé dans la serrure. Je me levai d'un bond, et sans attendre, j'ouvris la porte de mon appartement.

Elle était là. Parfaite, rayonnante, et vêtue d'une robe qui ne demandait qu'à être retirée au plus vite.

— Enfin, soufflai-je en enroulant mon bras autour de sa taille pour l'attirer contre moi.

Elle rit contre mes lèvres, avant de m'embrasser avec ferveur. Dans la précipitation, ses clés tombèrent au sol, bientôt suivies par son sac à main et sa veste. Elle entoura ma nuque de ses mains, avant de parvenir à claquer la porte derrière elle.

Je la plaquai aussitôt contre, dévorant ses lèvres avec gourmandise. Emma gémit et arqua son dos pour mieux me laisser embrasser son cou.

— Tu m'as manqué, marmonnai-je, tandis que ses mains tiraient sur mon T-shirt.

— Toi aussi. Aide-moi à retirer ce truc…

Je me débarrassai de mon T-shirt, la laissant parcourir mon torse de ses mains fraîches. Elle s'attarda sur mon cœur, qui battait à tout rompre. Je mordis le carré de peau sous son oreille, cherchant fébrilement le zip de sa robe.

— Derrière, m'indiqua-t-elle finalement, le souffle court.

Je la libérai et la fis pivoter. Elle posa sagement ses mains contre la porte, attendant que je la débarrasse de son vêtement. Je repoussai ses cheveux, caressant le haut de son dos.

— J'ai pensé à ce moment toute la journée, murmurai-je contre sa nuque.

— Moi aussi. Cette garde était interminable.

— Je parlais de toi nue contre cette porte.

— Je ne suis pas nue.

— Cette robe réclame qu'on te la retire, dis-je en descendant lentement le zip.

J'embrassai ses épaules, sentant sa peau se couvrir de chair de poule à chacun de mes effleurements. Elle retint un gémissement plaintif quand mes mains trouvèrent les siennes pour les coller plus haut contre la porte. En guise de lingerie, Emma portait un body en dentelle noire ; les bretelles croisées laissaient apparaître sa peau bronzée et plongeaient jusqu'à la naissance de ses fesses.

— C'est pour moi ? demandai-je, excité par la vue.

— Rien que pour toi.

— Reste dans cette position, le temps que j'admire la vue.

— Tristan, s'il te plaît, murmura-t-elle.

— Rassure-moi et dis-moi que tu n'as pas passé la journée avec ce truc sur toi.

De l'index, j'agrippai une des bretelles et jouai avec. Peut-être était-ce parce que je ne l'avais pas vue depuis dix jours, mais elle ne m'avait jamais semblé si désirable qu'à ce moment précis.

— Je me suis changée avant de venir, dit-elle, la voix étranglée.

— Tourne-toi.

Docilement, elle s'exécuta, me laissant découvrir sa poitrine ronde et gonflée mise en valeur par la dentelle noire. Elle arqua un sourcil, nullement innocente, et parfaitement consciente de l'effet qu'elle me faisait.

— Je savais que nous n'irions pas jusqu'à la cuisine, me taquina-t-elle.

Elle tira sur la ceinture de mon jean et la défit en quelques secondes. Je me débarrassai de mon pantalon d'un coup de pied. Mon boxer prit le même chemin et, l'instant suivant, la main d'Emma coulissait sur mon sexe tendu. En deux secondes, elle avait repris le contrôle, et j'étais déjà sur le point d'abdiquer.

— Parfois, je n'arrive pas à croire que tu es à moi, dis-je avant de l'embrasser en souriant.

Elle libéra mon sexe et colla son corps brûlant contre le mien. La dentelle caressa agréablement ma peau. Je repoussai les bretelles, avant de faire rouler son sous-vêtement sur sa peau. Mes paumes parcoururent ses tétons érigés, puis son ventre, avant d'atteindre son sexe. Elle bascula la tête en arrière, s'offrant sans réserve, le dos écrasé contre la porte.

— Sans préliminaires ? demandai-je en relevant les yeux vers elle.

Mes doigts effleurèrent son intimité avant de

s'attarder sur l'intérieur de ses cuisses. Ses muscles se tendirent aussitôt, et un gémissement de plaisir s'échappa de sa gorge. Elle secoua la tête en signe de dénégation, avant de baisser ses yeux lourds de désir vers moi.

— Parce que j'ai autant envie de te dévorer que de m'enfoncer en toi.

— Plan A puis plan B.

— Comme tu préfères. Je vais commencer par te débarrasser de cette chose délicieuse.

Le reste de son sous-vêtement termina à ses pieds.

— On ne voudrait pas d'une nouvelle cheville foulée ; je vais aussi te retirer tes talons.

J'aurais pu la contempler nue pendant des heures. Je n'avais pas menti : régulièrement, quand je la voyais déambuler chez moi, ou quand elle me sautait dans les bras à la sortie de l'hôpital, je devais me rappeler qu'elle était à moi pour de bon.

Je m'agenouillai et entourai ses cuisses de mes mains et en embrassai l'intérieur. Sa respiration déjà lourde se hacha davantage. Son corps se tendit dans ma direction et ses doigts trouvèrent ma chevelure. Tout aussi impatient qu'elle, je posai ma bouche contre son sexe, gémissant de plaisir en la goûtant.

— Putain, oui ! cria Emma.

Elle tira sur mes cheveux, tentant de conserver son équilibre, malgré ses jambes tremblantes. Ma langue joua avec ses lèvres humides, trouvant rapidement un rythme soutenu. Je la voulais, tout entière et vite.

— Tristan, tes doigts, m'intima-t-elle. En moi.

— Comme ça ?

Je glissai mon index dans son intimité et fus aussitôt gratifié d'un grognement de satisfaction. Elle resserra ses cuisses autour de ma tête, mais je gardai le contrôle, savourant son plaisir s'écouler sur ma langue. Je relevai les yeux vers son visage serein et heureux. Elle murmura mon prénom plusieurs fois, m'encourageant à continuer.

J'amplifiai le rythme, ajoutant mon majeur à notre danse sensuelle. Ma langue trouva son clitoris, et je pris un plaisir sans nom à le torturer délicatement.

— Continue, souffla-t-elle. Encore.

Son corps trembla contre moi, et ses mains quittèrent mon crâne. Elle se cambra encore plus, tenant dans un équilibre précaire ; mon sexe me faisait mal d'être si tendu et j'aurais certainement pu jouir rien qu'à la regarder atteindre l'orgasme. J'aspirai son clitoris entre mes lèvres, sentant son intimité se resserrer brutalement contre mes doigts.

Dans un râle de plaisir, Emma laissa l'orgasme atteindre chaque recoin de son corps. Je retirai doucement mes doigts et passai ma langue une dernière fois sur son sexe trempé. Emma jouait avec la pointe de ses seins, toujours perdue dans son plaisir intense, le souffle coupé.

— Je veux être en toi, dis-je en me redressant.

— Je ne suis pas certaine de pouvoir marcher.

— Aucun problème.

Mes mains à l'arrière de ses cuisses, je la soulevai. Elle noua ses jambes autour de ma taille puis enroula ses bras autour de ma nuque.

— Porte ou canapé ? demandai-je.

— Canapé. Au moins, si je m'effondre, je ne me ferai pas mal.

Elle m'embrassa lentement, devinant certainement le goût de sa jouissance contre mes lèvres. Je nous dirigeai vers le canapé et m'y installai, calant Emma sur mes genoux. Sans attendre, elle se souleva et plaça son sexe à l'entrée du sien. Nos regards s'aimantèrent, et je me promis de ne plus jamais partir aussi longtemps sans elle.

— Plan B, murmura-t-elle.

Je poussai un gémissement de soulagement en sentant son sexe entourer le mien. À la façon dont nos corps vibraient l'un contre l'autre, je savais que nous ne tiendrions pas longtemps. L'excitation, l'attente et cette journée sans fin allaient avoir raison de notre retenue.

Je posai mes mains sur ses hanches, suivant la cadence déjà soutenue qu'elle imposait. Le corps d'Emma se pressait contre le mien, ses lèvres contre ma bouche ou perdues dans mon cou. Nos respirations se synchronisèrent, et nos corps adoptèrent un rythme parfait. Je repoussai les cheveux qui masquaient son visage, récoltant un sourire lascif.

— Tu es à moi, soufflai-je.

— À toi, confirma-t-elle dans un sourire.

Cela suffit à m'amener à l'orgasme. Je jouis en elle, maintenant ses hanches immobiles et savourant la chaleur de son intimité autour de la mienne. C'était parfait. Malgré ces années d'atermoiements, de doutes, de rencontres fugaces, nous étions maintenant ensemble. Emma reprit ses mouvements, allant et venant le long de mon sexe, avant de jouir à son tour.

Elle s'effondra contre moi, le visage enfoui dans ma nuque.

— Il faut que je dorme, marmonna-t-elle.

— Canapé ou lit ?

— Peu importe tant que tu viens avec moi.

— Lit alors.

Elle se redressa légèrement et déposa un baiser furtif sur mes lèvres.

— Tu m'as manqué, me dit-elle dans un souffle.

— Tu m'as manqué aussi. Je déteste être séparé de toi.

Un sourire fatigué s'étira sur ses lèvres tandis que je la soulevais pour l'amener avec moi dans ma chambre. Elle nicha à nouveau sa tête dans ma nuque, respirant mon parfum.

— Tu as été séparé de moi pendant des années,

dit-elle finalement avec une pointe d'amusement dans la voix.

— Je sais. Je parle donc en connaissance de cause. J'en ai détesté chaque seconde. Et j'aimerais bien que tu m'expliques ce qu'il y a d'amusant là-dedans, dis-je en la sentant rire contre moi.

— Un jour, peut-être.

À mon réveil, Emma n'était pas dans le lit, et les draps étaient frais. Je me redressai, guettant du bruit dans l'appartement. Le silence régnait, et cela m'inquiéta. Malgré notre relation heureuse et épanouie, je ne pouvais pas m'empêcher d'être sur le qui-vive. J'aimais une femme qui avait quitté son fiancé le jour de son mariage ; cela laissait des traces.

— Emma ? l'appelai-je, en espérant la voir surgir de la salle de bains.

Le silence me répondit, assourdissant. Je fronçai les sourcils, redoutant maintenant le pire. Loin d'avoir apaisé mes craintes, ma relation avec Emma semblait au contraire les avoir exacerbées. La moindre minute de retard à un rendez-vous, un message non lu ou un appel manqué me rappelait invariablement que j'avais épuisé ma dose de patience. Tourmenté, j'enfilai un boxer et un sweat-shirt, me dirigeant vers le salon et la cuisine attenante.

Je poussai un soupir de soulagement en la trouvant dans la cuisine, préparant une salade, habillée d'une de mes chemises. J'entourai sa taille de mes bras et attirai son dos contre mon torse.

— Tu es là, murmurai-je contre sa nuque.

— Où veux-tu que je sois ?

— J'ai imaginé que l'hôpital t'avait rappelée, lui répondis-je dans un mensonge.

— Ils peuvent essayer, mon téléphone est dans mon sac, quelque part entre ta porte et le canapé.

— Le plan n'était pas de rester au lit toute la journée ?

— Si, mais j'avais faim. Tu dormais si bien, je n'ai pas voulu te réveiller. On peut retourner au lit ensuite si tu veux.

— Je n'ai plus sommeil.

— Je n'ai pas parlé de dormir.

— Voilà pourquoi je suis tombé amoureux de toi, dis-je en la faisant pivoter pour retrouver son adorable regard noisette, tes idées sont toujours meilleures que les miennes.

Je l'embrassai doucement, tentant de ne pas culpabiliser de ma réaction à mon réveil. Emma gémit contre ma bouche et, très vite, notre étreinte douce et apaisée se transforma en un baiser passionné et incontrôlable.

— Le meuble de la cuisine, c'est ça ? demandai-je en la faisant asseoir sur le plan de travail.

— Exactement.

— Dîner ce soir ? proposai-je.

Je passai mes mains mousseuses sur ses épaules, pendant que l'eau trop chaude pour moi glissait le long de son dos. Une journée entière au lit. Nous n'avions pas beaucoup parlé, mais nous avions rattrapé nos dix jours de séparation.

— Italien ? demanda-t-elle.

— Ai-je d'autres choix ?

Je massai le haut de son dos, décelant des zones de tension. Emma bascula la tête en arrière, avant de soupirer d'aise. Je remontai sur sa nuque, pressant mes pouces le long de ses cervicales.

— J'adore quand tu fais ça, dit-elle en me jetant un regard furtif.

— Je sais. J'ai justement eu une idée sur le sujet.

— Tu veux devenir masseur ?

— Non. Enfin, sauf si tu m'autorises à masser d'autres femmes sous la douche. Je pourrais alors éventuellement penser à une reconversion.

— J'ai toujours été une femme très exclusive. Tes mains, ma nuque, rien d'autre ! Donc, tu pensais à quoi ?

— Eh bien, ça fait maintenant plusieurs mois que nous sommes ensemble, et je me disais qu'on pourrait peut-être trouver un appartement pour nous deux.

En une seconde, tout le corps d'Emma se tendit, ne laissant aucun doute sur son avis tranché. Je retirai mes mains, et elle se tourna vers moi, plaquant un sourire sur ses lèvres.

— Tu veux... Tu veux qu'on vive ensemble ? demanda-t-elle.

— Pourquoi pas ? répondis-je en haussant les épaules. Tu es souvent à l'hôpital et, moi, en déplacement, cela nous permettrait d'avoir plus de temps ensemble.

— J'aime... Je tiens à mon indépendance.

— Je ne veux pas te priver de ton indépendance. Je veux juste qu'on profite d'être ensemble. Je crois que ces dix jours sans toi ont été les plus longs de ma vie. Je pense d'ailleurs qu'à l'avenir je vais limiter mes voyages.

— Les limiter ?

— Je peux faire des tas de choses ici, je n'ai pas besoin de partir si loin. Ta carrière est importante et te prend du temps, je ne veux pas que tu renonces à ça.

— Donc, toi, tu renoncerais à tes projets ?

— Je ne renonce pas, je priorise.

Elle passa une main sur son visage, effaçant les gouttes d'eau qui maculaient ses joues. D'un geste vif, elle ferma les robinets et ouvrit la porte de la douche. S'emparant d'une serviette, elle s'y enroula, me laissant nu et hébété dans la cabine.

— Tu es en colère contre moi ? demandai-je en la rejoignant dans la chambre.

— Tristan, je ne veux pas que tu renonces à quoi que ce soit. Ni pour moi, ni pour aucune raison.

— Je te l'ai dit : je ne renonce pas. Je trouve juste un peu dommage d'avoir chacun un appartement, alors qu'on pourrait passer du temps ensemble. Je suis certain qu'on trouvera quelque chose près de l'hôpital pour toi.

— J'aime l'idée qu'on se retrouve chez l'un ou chez l'autre.

— Et tu aimeras encore plus l'idée de rentrer chez nous.

Elle s'assit sur le lit et commença à se rhabiller. À son regard fuyant, je savais que je ne l'avais pas convaincue. Mais Emma avait toujours été ainsi : elle ne se pliait à mes arguments qu'en dernier recours. Après tout ce que nous avions vécu pour nous retrouver, vivre ensemble ne me paraissait pas être un obstacle insurmontable.

M'installant près d'elle, je tentai de relancer la conversation.

— Rappelle-toi de ces appels interminables quand tu avais des journées horribles et que tu voulais juste en parler. On pourrait faire ça de vive voix.

— Peut-être. Je crois que tu idéalises la situation : je suis assez peu sympa après deux gardes enchaînées. Tu me verras surtout dormir.

— Emma, j'ai attendu des années pour te voir dormir près de moi. Ton argument est merdique.

Un petit sourire fleurit sur ses lèvres. J'avais au moins réussi à détendre l'atmosphère et à éviter une fuite chaotique. Elle se redressa et parvint adroitement à fermer le zip de sa robe.

— On peut y aller progressivement : pourquoi ne rapportes-tu pas quelques affaires ici ? Ça t'éviterait de faire des allers-retours à chaque fois.

— On se rejoint ici pour le dîner ? demanda-t-elle, sans même répondre à ma suggestion.

— Emma, s'il te plaît, on peut au moins en parler, non ?

— Bien sûr ! On peut en parler ce soir, si ça te va ? Je crois... J'ai juste besoin de me faire à l'idée. Et ma dernière expérience amoureuse n'a pas été... un succès.

Elle posa sa main sur ma joue et m'embrassa tendrement sur les lèvres. Son sourire encourageant chassa mes idées sombres. La plupart du temps, parler avec Emma était simple. Mais, dès que nous évoquions notre relation, je marchais sur des œufs.

— Il a quand même fini par te demander en mariage, lui fis-je remarquer.

— Oui, et j'ai fini par le planter le jour J en comprenant que j'allais te perdre pour de bon.

— C'est vrai. Meilleure décision de ta vie.

— Meilleure décision de ma vie, approuva-t-elle. 20 heures ?

— 20 heures.

Je jetai un nouveau coup d'œil à ma montre : plus d'une heure de retard. Je n'aurais pas dû être surpris. Pourtant, je cherchais naïvement à me rassurer : peut-être était-elle à l'hôpital, à sauver des vies... Si cela avait vraiment été le cas, elle m'aurait prévenu, trop heureuse de m'offrir un prétexte sur un plateau.

Je me vantais de la connaître et je pensais avoir été assez convaincant pour éviter le pire lors de notre ultime conversation commencée sous la douche. En réalité, j'avais échoué : j'avais eu Emma avec moi quelques mois et, maintenant, elle m'échappait à nouveau, emportant avec elle mon cœur un peu plus en miettes et mes rêves cabossés.

Je tentai une dernière fois de la joindre, sachant que c'était vain.

Las, je rentrai à mon appartement, lucide et amer. Presque un an de relation, et elle me laissait seul au beau milieu de son restaurant préféré, avec une floppée de questions et de zones d'ombres.

Peut-être l'avais-je brusquée avec cette histoire d'emménagement ? Peut-être que son indépendance primait sur notre relation ? Peut-être que nous étions juste incapables d'être vraiment ensemble ?

Peut-être que la vouloir, avant tout le reste, ne suffisait pas.

Ce n'était pas une simple dispute ; au fond de moi, je savais qu'elle venait de rompre. Sans prévenir, ou presque.

Devant la porte de mon appartement, je retrouvai son trousseau de clés, emballé dans une feuille de papier. Mes derniers espoirs s'envolèrent aussitôt. Je dépliai la feuille, découvrant quelques mots griffonnés à la hâte. « Désolée, je ne peux pas », accompagné de sa signature habituelle : un cœur habilement dessiné au feutre noir.

— Un jour, ou pas, murmurai-je.

Chapitre 8

Emma

Je me souvenais parfaitement de l'instant où j'avais posé les yeux sur Tristan pour la première fois : il affichait un costume gris souris dont il avait posé la veste sur le dos de sa chaise, un gilet ajusté sur une chemise blanche, un sourire lumineux et franc et la capacité incroyable de faire la conversation à tante Inès, la grand-tante d'Hélène, en ayant l'air parfaitement concerné par ce qu'elle racontait.

Cela m'avait rendue curieuse : la plupart du temps, tante Inès racontait les vicissitudes de sa santé par le menu, de sa hanche douloureuse à sa digestion pénible en passant par son dentier chancelant. Personne ne pouvait être bienveillant au point de l'écouter attentivement plus de dix minutes.

À deux ou trois occasions, j'avais remarqué

l'ombre d'un sourire ironique sur son visage ciselé et j'avais envisagé d'aller le sauver, prétextant une danse à venir ou jouant une scène de retrouvailles entre vieux amis. Il méritait certainement qu'on l'aide mais, pas une fois je ne l'avais vu décrocher du regard de tante Inès et je ne me voyais pas sauver quelqu'un qui ne montrait aucun signe de détresse.

Dommage, car ça m'aurait donné une super excuse pour me présenter et m'assurer que ce mec était disponible. Cela étant, la vue était belle : son profil affichait une mâchoire carrée, des lèvres charnues, une chevelure châtain indomptable et de larges épaules sur lesquelles il ne devait pas être désagréable de s'endormir. Impossible de détacher mon regard de lui, il était hypnotisant.

Quand enfin l'occasion s'était présentée de l'aborder, je n'avais pas osé franchir le cap. J'étais toujours curieuse, évidemment ; mais j'étais surtout intimidée. Tristan regardait Hélène et Bastien danser et il avait l'air heureux. Vraiment heureux. J'avais alors compris que Tristan était loin d'être un homme ordinaire. Parce que les gens qui savent être heureux pour les autres sont trop rares et trop précieux. Une joie véritable brillait dans son regard.

Je ne méritais pas un type comme lui. J'enchaînais les relations malsaines et toxiques, parce que j'aimais les bruns ténébreux, à tendance mystérieuse. Enfin, mystérieux au début, vraiment barrés sur la fin.

Tristan, lui, semblait se trimballer en permanence avec une aura de bonté et une âme dénuée de noirceur.

— Qu'on se lie à quelqu'un pour la vie me stupéfie tout le temps, avais-je finalement répondu.

C'était autant un aveu qu'une manœuvre. Soit il était réellement gentil et prévenant, soit c'était un grand manipulateur et un séducteur hors pair. Dans tous les cas, avec ma chance, une petite veinarde lui avait sûrement déjà mis le grappin dessus pour lui faire deux enfants et le caler au volant d'une voiture familiale.

— La plupart des gens trouvent ça beau.

— Mince, je suis tombée sur un romantique.

Loin de me déplaire, ce détail ne faisait qu'ajouter au mystère que représentait déjà Tristan. Vu de l'extérieur, j'étais son exact opposé : réaliste, voire cynique, indépendante et doutant de tout – et en particulier de la vie de couple et du mariage.

Il me plaisait. Sa naïveté apparente et ses grands yeux brillants alors qu'il regardait Bastien et Hélène danser me touchaient. Pendant que le couple de jeunes mariés dansait, nous avions continué à discuter.

— À mon avis, vos meilleures chances sont avec la grande blonde à la robe verte, dis-je en désignant la femme en question.

— Jolie fille. Pourquoi elle en particulier ?

— Elle sort d'une rupture. Vous avez l'air suffisamment réconfortant pour une nuit. Elle sera rassurée sur sa capacité à séduire et vous, de votre côté, vous n'aurez pas à vous préoccuper de la rappeler.

— Vous pensez que je suis ce genre d'homme ?

J'avais espéré que non. J'avais presque désiré qu'il m'avoue être en couple, heureux, épanoui. Je n'aurais pas voulu que derrière cette façade de douceur et de joie se cache un être ignoble, séduisant tout ce qu'il voyait. J'avais soupiré de soulagement à sa réponse, avant d'être alpaguée dans une danse impromptue, un poil longuette et très embarrassante.

Je l'avais ensuite retrouvé au bar, lui reprochant de m'avoir laissée et découvrant que, d'après lui, je n'étais pas une fille adorable. Alors que j'étais foutrement adorable avec ma robe et mes cheveux tressés.

Ce soir-là, je l'avais dragué. Ouvertement. Largement. J'avais déployé tous mes charmes pour que cet homme au regard doux et à 1a repartie facile succombe à mon franc parler. Je me fichais du mariage, du bruit, de la musique et même des sourires entendus du barman. J'étais envoûtée. Un quasi-coup de foudre, j'avais peine à me reconnaître. Habituellement, je faisais fuir les hommes. Seuls s'approchaient les têtes brûlées qui avaient parié un ou deux billets sur moi ou les désespérés.

— Vous le faites, n'est-ce pas ? Vous allez dans votre bar fétiche et vous réussissez à trouver la fille qui attend au comptoir son petit ami, sans se douter qu'il va lui poser un lapin.

— Quel est son nom ?

— Pardon ?

— Au type qui vous a planté le jour de la Saint-Valentin ?

— David, avais-je répondu. Un sombre crétin. Anesthésiste, j'aurais dû me douter que ça n'allait pas fonctionner. On ne sort pas avec un type dont la mission est de vous faire dormir ! Vous n'êtes pas anesthésiste au moins ?

— Oh ! donc, vous voulez qu'on sorte ensemble ?

— Un jour, peut-être.

Aussitôt, j'ai regretté cette réponse qui a continué de me hanter tous les jours de ma vie. Évidemment que je voulais sortir avec lui, passer ma main dans sa chevelure folle, découvrir ses secrets d'enfance et savoir s'il dormait en chaussettes. Et je le souhaitais encore plus après avoir parlé pendant des heures avec lui, tout en sirotant du champagne dérobé en faisant comme si ni lui ni moi n'étions conscients de ce qui était en train de se passer.

Pourtant, je le savais. À la façon dont mon cœur réagissait, à l'air crépitant autour de nous, à nos regards qui passaient leur temps à se chercher pour mieux se retrouver. Nous nous observions, nous nous tournions autour, mais nous ne nous percutions pas. C'était ce que j'avais préféré de notre soirée : la tension latente et entretenue entre nous deux.

— Emma ?

— Tristan ?

— On se revoit quand ? m'avait-il demandé.

— Un jour, peut-être.

Tristan m'avait souri, et je l'avais laissé, espérant qu'il tente de me retenir. Il ne l'avait pas fait et, avec le recul, maintenant, j'étais ravie que nos chemins se soient séparés aussi vite qu'ils avaient été réunis. Notre relation n'aurait pas été aussi riche si nous avions succombé dès le premier soir ; le désir aurait pris le pas sur le reste. Et je voulais surtout le reste.

Je le voulais depuis le début et je le voulais encore plus après ces huit années.

Hélène, tout sourires, apparut dans la cafétaria de l'hôpital, me sortant de mes souvenirs nostalgiques. Je resserrai mon gobelet de café entre mes mains, heureuse de la voir. Quand elle m'aperçut, son regard s'éclaira et elle rejoignit ma table.

— J'imagine que c'est la meilleure table du coin ? fit-elle en s'asseyant face à moi.

— Avec vue sur le parking des ambulances, approuvai-je en désignant la baie vitrée sur ma droite.

— Et le meilleur café de la ville ?

— J'en ai tellement bu que mon palais est devenu

hermétique à son goût. Ça ressemble vaguement à de l'eau chaude aromatisée à l'arabica.

— Il est trop tôt pour que je fasse la difficile. Comment fais-tu pour survivre à un rythme pareil ?

— L'habitude. Et le fait que je n'ai que ça dans ma vie.

Hélène m'adressa un sourire compatissant avant de capter l'attention de l'employée de la cafétaria et de commander un café au lait. Puis, elle ouvrit son sac, posa une enveloppe épaisse sur la table, avant de la pousser de l'index dans ma direction.

— J'ai pensé que ça t'intéresserait, dit-elle, énigmatique.

— Qu'est-ce que c'est au juste ?

— Ouvre, tu verras. Je pense qu'il te l'aurait donné lui-même s'il avait pu.

Je posai mon gobelet, soudain fébrile. Hélène n'avait jamais besoin de prononcer son prénom. Le seul « il », bien que réducteur, suffisait à le définir. Je doutais qu'elle connaisse chacun des méandres de notre histoire – Hélène ne posait jamais de questions indiscrètes – mais elle en savait suffisamment. Délicatement, je pris l'enveloppe et l'ouvris, découvrant une invitation à un vernissage.

— Tu devrais venir, reprit-elle.

— Je ne suis pas certaine que Tristan veuille me voir. Notre dernière rencontre… Disons que c'était un fiasco absolu.

Je frissonnai au seul souvenir du vent glacial sifflant à mes oreilles devant ce cimetière. La mort de Bastien avait été un véritable séisme, me laissant dévastée. J'étais certaine de revoir Tristan à l'enterrement et je savais maintenant que je n'avais pas choisi le bon moment pour lui parler. Guidée par mes émotions violentes, j'avais alors cherché un moyen de survivre à ce drame.

J'avais considéré Tristan uniquement comme une bouée de sauvetage, nous aurions forcément été dans le mur.

— Il a toujours dit qu'il n'aurait jamais été photographe s'il ne t'avait pas rencontrée. Ça semble logique que tu viennes à cette rétrospective.

— Hélène, même si Tristan et moi avons été amis et même plus que ça, je crois que ça serait mal venu.

— Viens, s'il te plaît. Il est temps de passer à autre chose. Je peux lui parler si tu veux.

Je secouai la tête et me réfugiai dans mon café. Hélène me prenait de court. J'avais imaginé cent fois des retrouvailles avec Tristan, avec autant de scénarios et de fins différentes. J'avais trop peur pour l'affronter ; et j'avais un peu honte aussi. J'avais mon lot d'erreurs à assumer et à me faire pardonner.

— Tu as toujours été là pour nous, soulignai-je.

— Je pensais depuis le début que vous étiez faits pour être ensemble. J'y ai cru, vraiment.

— Le soir du réveillon ?

Elle hocha la tête, un peu nostalgique. Je n'avais que des bribes de souvenirs de ce réveillon de Saint-Sylvestre. J'avais bu, j'étais triste et j'avais volontairement effacé certaines traces de ma mémoire.

Mon petit ami de l'époque venait de me larguer, j'étais en pleine réflexion sur mon avenir de médecin.

J'étais perdue, et Tristan m'avait miraculeusement retrouvée.

— Tristan, avais-je soufflé, soulagée de voir un visage amical parmi la foule d'invités.

— Emma.

— Je ne pensais pas te retrouver ici, c'est une bonne surprise.

J'avais été honnête : j'étais vraiment contente de le voir. Depuis le mariage d'Hélène et Bastien, une dizaine de mois auparavant, je n'avais pas eu l'occasion de reprendre contact. C'était entièrement ma faute : j'avais ignoré ses messages et fait comme si cette rencontre n'avait pas eu lieu. Mon travail m'engloutissait tout entière, et j'étais convaincue que ce que j'avais ressenti ce soir-là, avec lui, n'était lié qu'au contexte. Je n'avais pas le temps pour une relation. En tout cas, pas pour une relation à la hauteur de ce qu'il attendait.

— Tu aurais pu me retrouver avant si tu m'avais appelé. On aurait pu prendre un verre, ou dîner…

— Je crois que tous ces trucs sont bien trop traditionnels.

— Pour toi ?

J'avais senti l'espoir percer dans sa question. Je ne voulais pas d'une relation classique, avec deux ou trois rendez-vous, un baiser volé sur le seuil de mon appartement puis une nuit, probablement bâclée et pénible, avec un homme. Sortir des sentiers battus, sentir mon cœur battre la chamade, avoir le ventre tordu de trac à l'idée de retrouver l'autre... Voilà ce qui m'attirait. Et je voulais que Tristan soit cet homme unique et audacieux qui me ferait oublier les autres.

— Pour nous.

— Oh ! donc il y a un « nous » ?

Maintenant qu'il était devant moi, je savais qu'il y avait un nous depuis le début et qu'il y aurait un nous pour toujours. À son large sourire, j'avais compris que nous étions sur la même longueur d'onde. Malgré les mois qui séparaient notre première rencontre de cette conversation nocturne, j'éprouvais à nouveau ce sentiment d'évidence et de plénitude.

— C'est ce soir-là que ton ex l'a frappé, non ? demanda Hélène en fronçant les sourcils.

— Oui. Juste après qu'on se soit embrassés à minuit.

— C'est dans trois jours, dit-elle finalement en désignant l'invitation du menton.

— Je sais. J'ai vu les affiches dans le métro.

— Qu'est ce qui t'empêche de venir ? Et ne me

parle pas du travail, tu ne peux pas te cacher éternellement derrière tes malades !

— Et pourquoi pas ? répondis-je en souriant.

— Parce que tu dois avoir une vie.

— Je suis médecin, Hélène. J'ai de la vie autour de moi. Je n'ai même que ça.

— Oui, la vie des autres. Je te parle de la tienne. De ce qui t'anime quand tu es chez toi, de ce que tu fais quand tu ne travailles pas à l'hôpital ou de la dernière fois où tu es sortie au restaurant avec quelqu'un.

Je ravalai un rire. Entre mes parents, mes collègues, mes quelques copines et Hélène, tout le monde semblait se soucier de ma vie privée. J'aimais mon travail. Je l'aimais à le laisser me dévorer et envahir toute ma vie. Les rares fois où j'avais fini par prendre du temps pour moi, cela avait viré à la catastrophe : mes relations amoureuses ne tenaient pas, mes amis ne m'appelaient plus qu'épisodiquement – douchés qu'ils étaient par mes absences liés à mon travail – et mes loisirs se résumaient à aller faire quelques courses pour remplir le réfrigérateur. Je ne savais pas vivre en dehors de l'hôpital.

— Tu cherches à me caser ? demandai-je à Hélène.

Son café se matérialisa sur la table, détournant son regard perçant qui me scrutait. Je jouais avec mon propre gobelet, songeant à ce qui m'attendait en rentrant chez moi d'ici quelques heures : le silence.

— Je cherche surtout à comprendre. Tu as rencontré Tristan il y a huit ans et, depuis, vous jouez sans cesse au chat et à la souris.

— En fait, je crois qu'on a toujours eu un problème de timing. Ou bien on avait peur de prendre en main et de planifier notre histoire. Après le baiser du réveillon, j'ai dû commencer un stage à l'autre bout du pays, j'étais un peu déboussolée, je ne savais plus ce que je voulais faire de ma vie et je ne voulais pas entraîner Tristan là-dedans.

— Et tu ne l'as pas recontacté ensuite ?

— Non… Je l'ai revu presque un an plus tard à l'hôpital. Il travaillait comme photographe à la maternité, et je m'étais foulée la cheville dans un cours de danse.

À nouveau, Tristan était apparu comme un sauveur, me raccompagnant chez moi alors que je faisais mon possible pour le maintenir à distance. Je me souvenais parfaitement de ses yeux bleu océan, des mèches de cheveux qui retombaient sur son front, de son allure négligée et pourtant renversante. Tristan n'avait jamais eu conscience de ce qu'il dégageait, un mélange d'élégance naturelle – même dans un vieux T-shirt et un jean élimé – et d'assurance.

Mais ce qui me troublait le plus, c'était la façon dont il me regardait. Lorsqu'il plongeait ses yeux dans les miens, je luttais pour ne pas m'y noyer. Jamais je ne lui avouerais que j'adorais ça, me fondre dans ses iris azur, encore et encore, craindre de perdre pied et, malgré tout, y revenir à chaque fois. Peut-être, parce que j'y trouvais de la douceur, de la prévenance et, je l'avais vue plus tard, une étincelle brûlante de désir.

— C'est ce que je cherche à faire depuis que je te connais, avait-il admis en me raccompagnant chez moi, te retenir.

— Tu es patient.

— De l'avis général et dans le meilleur des cas, je suis plutôt… cinglé.

— Et dans le pire ?

— Désespérant.

Je bus une gorgée de mon café, chassant ce souvenir doux-amer. Je lui avais fait mes adieux cette nuit-là, décrétant que nous devions cesser de jouer. J'avais pris cette décision dans la voiture, pendant que nous tenions, tant bien que mal, une conversation. Je n'étais pas assez bien pour Tristan. Pas assez disponible, pas assez douce. Pourtant, quand nous nous étions garés devant mon immeuble, j'avais craqué. Nous nous étions embrassés, et ma volonté de couper les ponts s'était écroulée dans la seconde. Devant Tristan, j'étais faible.

— Il n'y avait aucune raison qu'on se revoie après ces retrouvailles aux urgences, murmurai-je.

— C'était toi la raison, ironisa Hélène.

— Quelques mois après, j'ai vu son nom dans un article de presse. Il exposait dans une galerie anglaise.

— Tu veux dire que… Attends, tu ne l'as pas revu avant l'anniversaire de mariage de tes parents ?

Hélène écarquilla les yeux, incrédule. Je secouai la tête et avalai une nouvelle gorgée de café. Il était presque froid désormais. En fait, j'avais revu Tristan, encore une fois par hasard, avant la fête de mes parents.

— Je me souviens très bien de l'anniversaire de mariage de tes parents, reprit-elle. Tu venais de nous annoncer tes fiançailles et ta cheville allait alors parfaitement bien.

— Ma cheville allait mieux au bout de deux semaines. J'avais fait un trait sur Tristan, dis-je. En tout cas, je le croyais vraiment. Ce que je vivais avec Stéphane était génial.

— Oui, ou tu le croyais vraiment, répéta Hélène en souriant.

— Nous étions dans le même domaine et nous avions les mêmes ambitions. J'ai compris un peu tard que cela ne fonctionnerait certainement pas pour ces mêmes raisons. Nous étions en concurrence.

Je me souvenais parfaitement du début de ma relation avec Stéphane. Deux ou trois rendez-vous, une nuit chez lui et, déjà, nous nous retrouvions pour un brunch du dimanche. Nous étions un couple installé dans une routine agréable et sans accrocs.

C'était agréable de se laisser porter ainsi, de tenir la main de quelqu'un et de savoir qu'elle serait toujours chaude et disponible.

Agréable. Voilà comment je pouvais résumer ma relation. Ce n'était ni incandescent, ni fou, ni surprenant. Alors que toutes les femmes du service pédiatrique m'enviaient, ce confort me mettait mal à l'aise. Stéphane était un refuge tranquillisant. Quand les premiers doutes avaient surgi, au hasard d'une liste de courses parfaitement écrite et complète, je les avais repoussés.

Puis, d'autres étaient apparus. J'avais rencontré ses parents, nous recevions des couples d'amis pour dîner, nous avions fêté nos anniversaires respectifs. Cela me submergeait, j'avais la sensation d'être écrasée par un rouleau compresseur de bons sentiments et de vie domestique.

— Tu aurais dû appeler Tristan quand tu as compris que cela ne fonctionnerait pas, reprit Hélène dans un soupir.

— Pour être honnête, je voulais le faire.

Tristan rôdait toujours dans mes souvenirs. C'était une ombre furtive mais tenace. Très souvent, et même quand j'étais avec Stéphane, je me demandais ce qu'il devenait. De loin en loin, j'avais les échos de la presse et, parfois, je captais les conversations de Bastien et Hélène. Son métier de photographe lui promettait une belle carrière et il semblait avoir tout autant de succès avec les femmes qui croisaient son chemin.

— Je voulais vraiment le faire, insistai-je. Et le destin a fait que nous avons pris le même train pour le sud.

— Le destin se tient devant toi, dit Hélène.

— Je te demande pardon ?

— Je savais que tu devais prendre ce train, Bastien a suggéré de donner un coup de pouce au hasard. On a fait croire à Tristan qu'un ami avait besoin de faire garder une villa.

— Vous avez fait quoi ?

— On a comploté. Contre vous. Non, pour vous, se corrigea-t-elle, immédiatement.

Je posai mon gobelet sur la table, épatée. Hélène souriait largement, fière de son méfait. Je me rejouai le film : le train, notre conversation, notre séparation sur le quai de la gare à notre arrivée.

— Vous vous tourniez autour depuis trois ans, il était temps de faire quelque chose ! plaida-t-elle.

— J'ai… Tu viens juste de ruiner la poésie.

— La poésie ? Cette torture ? Tu aurais voulu que je reste sans rien faire, à te voir malheureuse avec un autre alors que tu veux Tristan depuis votre rencontre ?

— Tu ne m'as jamais donné ton avis sur mon histoire avec Stéphane, lui fis-je remarquer.

— Parce que je te connais : tu agis par contradiction. Tu aurais voulu me prouver que j'avais tort, mais j'ai toujours su que ce mec ne t'arrivait pas à la cheville.

— Et tu n'as rien dit non plus le jour de nos fiançailles !

— Qui t'a prêté sa voiture le jour J pour prendre la fuite ?

— Tu crois que ça suffit à te faire pardonner ? m'esclaffai-je.

— J'en suis certaine. On pensait vraiment que plusieurs heures dans un train, sans possibilité de prendre la fuite et côte à côte, vous pousseraient à vous parler et à vous décider, expliqua-t-elle.

— Ce coup monté était donc un acte charitable ?

— Pour vous deux. Vous méritiez d'être heureux ensemble. Bastien avait loué exprès une superbe villa, avec piscine et vue sur la mer. Tout ça pour que vous vous sépariez sur le quai de la gare !

Je ris à nouveau, devant la mine consternée d'Hélène. Même si c'était une ruse et que j'étais effrayée de ne la découvrir que maintenant, je n'arrivais pas à lui en vouloir. J'étais la seule à blâmer pour ce nouveau rendez-vous manqué.

— On peut devenir amis, avais-je proposé, incertaine.

— C'est ça que tu veux ?

— Je ne sais pas ce que je veux. Mais ça peut être un début.

Je n'avais pas mieux à proposer à l'époque. J'étais perdue et en plein questionnement, mais aussi en couple avec Stéphane. Tristan me plaisait toujours. Peut-être même encore plus que lors de nos rencontres précédentes : il avait gagné en maturité et sa confiance en nous était touchante.

— Je ne veux pas de début.

— Pour le moment, c'est tout ce que je peux t'offrir, Tristan.

En m'éloignant de lui, ce jour-là, je n'avais pas osé me retourner : j'étais certaine de craquer et de courir le rejoindre. Son regard bleu m'avait accompagnée ensuite pendant des semaines, à chaque fois que je fermais les yeux ou que je me retrouvais seule. Son ombre était toujours là, persistante et tentante.

— Vous avez dû être tellement déçus, dis-je dans un sourire.

— Tu n'imagines pas. Vous êtes revenus séparément, alors qu'on était certains que vous finiriez ensemble en moins de deux heures. C'était très frustrant.

J'avais manqué un paquet d'opportunités avec Tristan. Avec le recul, je savais que cet adieu sur le quai était une erreur magistrale. Encore une fois, j'avais tourné le dos à Tristan, à mes sentiments et à notre histoire. J'avais refusé de lui donner la moindre chance. Et, plus tard, je l'avais volontairement quitté, sans la moindre explication, avec un petit bout de papier en guise de mot d'excuse. J'étais parvenue à tourner en catastrophe chaque chance que j'avais eue avec lui. Et je ne pouvais m'en prendre qu'à moi-même.

Il était temps de rattraper mes erreurs.

— Est-ce que... Est-ce que tu pourrais m'aider ? demandai-je timidement à Hélène.

— À quel sujet ?

— Tristan.

Hélène se redressa, soudainement intéressée par ce que je lui demandais.

— Tu veux recoller les morceaux ? m'interrogea-t-elle.

— J'aimerais. J'ai... Je suis responsable de tout ce désastre, mais je ne suis pas certaine qu'il veuille encore me parler. Je comprendrais même qu'il refuse de le faire.

Hélène rit doucement, pendant que l'embarras me dévorait lentement. Je n'avais pas pour habitude de demander de l'aide. J'avais ma fierté. Mais, cette fois, je n'avais pas trouvé de solution à notre énigme.

— Tu ne te rends pas compte à quel point il tient à toi, dit finalement Hélène.

— Si, justement. Je sais que je lui ai fait du mal. Je sais que j'ai été odieuse de le quitter si brutalement. Il ne méritait pas ça.

— Il t'aime. Rien n'a changé depuis votre rencontre il y a huit ans. Il attend patiemment que tu te décides. D'ailleurs, j'ai toujours trouvé ça un peu fou.

— Tu n'aurais pas attendu pour Bastien ?

— Franchement, je ne sais pas. Comme je ne sais pas si tu as vraiment besoin de moi. Tu pourrais l'appeler et lui dire que tu vas passer à l'expo. Voire passer à l'improviste.

— Je ne veux pas gâcher sa soirée. J'aimerais vraiment… vraiment faire les choses bien.

Je commandai un nouveau café, refoulant mes larmes. Je ne supporterais que Tristan me repousse ou, pire, m'ignore. Parce que ça signifierait la fin définitive de notre histoire. J'aurais pu compter sur le hasard, encore une fois, comme je l'avais toujours fait jusqu'ici, mais je sentais que c'était désormais à moi d'agir.

— Tu es sûre de toi ? demanda Hélène.

— Tu pourrais au moins m'accorder le bénéfice du doute !

— Je te l'accorde. Mais je vous aime tous les deux. Je vous aime vraiment et vous voir vous faire du mal est douloureux. Je veux bien intervenir et jouer les marionnettistes, mais ça sera la dernière fois.

— D'accord, soufflai-je. J'imagine que c'est honnête.

— Ce n'est pas contre toi, ni même contre Tristan. Mais vous ne pouvez plus… Vous êtes adultes, non ? Et vous avez déjà été ensemble, je sais que vous pouvez être heureux à deux. Ça ne dépend que de vous.

— Je sais.

— Et d'où vient cette soudaine résolution ? me demanda-t-elle.

— Ce n'est pas soudain. J'ai toujours eu des sentiments pour Tristan. C'est juste que nous n'étions pas disponibles au même moment. Ou peut-être que je n'étais pas vraiment prête pour une vraie histoire.

— Et tu l'es maintenant ?

Je relevai les yeux vers Hélène. Elle me questionnait pour mon bien, j'en étais certaine. Elle voulait s'assurer que ses efforts ne seraient pas vains et que nous ne nous ferions pas davantage de mal. À ce moment précis, je compris que je ne m'étais pas posée la question. Oui, j'étais prête désormais. Prête et enfin libérée de mes doutes.

— Est-ce que Tristan a quelqu'un ? m'inquiétai-je.

— Ça changerait quelque chose ?

— De la même façon que je ne veux pas gâcher sa soirée, je ne veux surtout pas mettre le bazar sa vie. S'il est heureux...

— Oh ! pitié ! Ne me fais pas le coup de « s'il est heureux, je suis heureuse » !

— Mais c'est vrai !

— Non, c'est faux. S'il est heureux, en particulier avec une autre femme, tu vas être malheureuse et désolée. J'ai toujours détesté cette formule. Bon sang, tu as le droit d'être jalouse, triste ou même désespérée...

— Il est avec quelqu'un ? la coupai-je.

— Évidemment que non. Ce mec t'attend depuis des lustres, ce n'est pas pour craquer pour la première venue maintenant.

— Il aurait pu !

— Il aurait dû, corrigea Hélène. Mais Tristan t'aime comme un fou. Et je crois que tu es assez barrée pour l'aimer tout autant. Évidemment qu'il est seul.

Je fis de mon mieux pour masquer mon soulagement. J'avais presque honte d'être ravie de son célibat. Hélène avait raison : j'aurais été dévastée d'apprendre que Tristan était avec une autre femme.

— Alors, cette révélation ? reprit Hélène.

— Ce n'est pas une révélation, insistai-je.

À notre première rencontre, Tristan m'avait charmée ; à la deuxième, au moment où il m'avait embrassée, j'avais senti mon corps frissonner des pieds à la tête, pendant que mon cœur tambourinait anormalement dans ma poitrine ; mais il avait fallu qu'il débarque la veille de mon mariage pour que je trouve le courage d'écouter mes sentiments. J'avais attendu d'être au pied du mur et forcée à faire un choix. Lorsqu'il avait désigné ma photo de couple avec Stéphane, j'avais pris conscience de l'évidence : tout comme ce cliché, mon couple était terne. Gris. Sans vie.

— Il sait que tu es allergique à la danse ? avait-il demandé.

— Je lui dirai une fois sur la piste.

— Et que tu voles des bouteilles de champagne ?

— Un détail.

— Et que je me suis battu pour toi ?

— Pour se battre, il faut être conscient, Tristan.

— Et que tu dessines des cœurs comme personne ?

Tristan avait plongé son regard dans le mien, et j'avais tout oublié pendant une courte seconde. Cela avait suffi à faire échouer définitivement mon mariage.

Tristan savait tout sur moi, et ça ne lui avait pris que quelques heures. Stéphane ne connaissait certainement pas mon allergie à la danse.

— Ça fait partie des secrets que tu gardes, avais-je répondu, en sentant mon cœur battre la chamade.

Après avoir tenté vainement de le retenir, j'avais pris ma décision en le voyant s'éloigner dans sa voiture. Le retrouver dans sa chambre avait été une évidence. Mais je devais avouer que les quelques secondes d'attente à sa porte avaient été une pure torture.

— Je sais depuis longtemps que je suis amoureuse de lui, avouai-je dans un souffle à Hélène.

— Depuis ton mariage annulé ?

— Avant ça, même. Ce mariage était une erreur. Je le savais aussi. Sinon je n'aurais pas jeté ma bague de fiançailles dans l'océan, le soir de l'anniversaire de mariage de mes parents.

— Tu as vraiment fait ça ? s'esclaffa Hélène.

— Oui. Tu étais assise sur la plage avec Bastien, j'étais encore dans l'eau avec Tristan. C'était un appel à l'aide, de toute évidence. Je crois que je ne t'ai jamais remerciée pour cette histoire de voiture.

— J'espérai que vous donneriez mon prénom à votre premier enfant.

— Tu as affronté Stéphane pour moi, merci aussi pour ça.

— Je n'ai pas fait grand-chose, pour être honnête. Je lui ai dit que tu étais partie, il a juste acquiescé et marmonné un truc du genre « je m'en doutais ». Je me suis inquiétée pour toi mais, quand j'ai reçu ta carte postale du Mexique quelques jours après, j'ai compris que tout allait bien.

Au seul souvenir de ce voyage improvisé à l'autre bout du monde avec Tristan, mon sourire s'élargit. Nous avions passé deux semaines – les deux semaines où j'aurais dû être en voyages de noces – à nous balader, main dans la main, à sourire à s'en faire mal aux zygomatiques. Être heureux ressemblait alors à une longue marche sur le sable chaud, avec des vagues qui vous lèchent les pieds et le soleil qui caresse votre peau.

— Je sais ce que tu penses, dis-je à Hélène.

— Je me demande pourquoi tu l'as quitté. Il était en miettes, Emma. Laminé. Vidé de son énergie vitale. J'ai bien cru qu'il n'en reviendrait pas, qu'il resterait pour toujours dans cette espèce de zone grise : avec toi, mais pas vraiment.

— Je n'ai jamais été une fille très courageuse, répondis-je. J'ai laissé Stéphane au pied de l'autel, j'ai fui Tristan assez régulièrement. Et quand, enfin, il a voulu passer à l'étape suivante, je suis encore partie.

— Tu lui dois toujours une explication.

— Je lui dois des tonnes d'explication, Hélène.

Elle me fixa longuement, semblant peser le pour et le contre de ce que je lui demandais. J'avais besoin d'aide, au moins pour m'offrir la chance de revoir Tristan. J'avais conscience d'agir tard, d'avoir trop attendu, mais ma dernière rencontre avec lui m'avait douchée.

Malgré tout, les mois que nous avions passé ensemble avaient été idylliques. Nous étions sur la même longueur d'onde. Tristan comprenait mes responsabilités à l'hôpital, je composais avec ses déplacements réguliers. Notre équilibre était parfait : amoureux l'un de l'autre, mais sans nous renier et sans remettre en cause nos choix respectifs. Ça pouvait passer pour baroque pour la plupart de nos proches, mais dès que nous étions seuls, notre attirance se transformait invariablement en désir brûlant. Mon corps répondait au sien, et nos gestes étaient idéalement chorégraphiés. Je n'avais jamais connu ça avant. Et je ne l'avais plus connu après lui.

— Tu m'as manqué, avais-je murmuré.

— Tu m'as manqué aussi. Je déteste être séparé de toi.

Son aveu m'avait tiré un sourire. Durant cette période, Tristan avait toujours agi comme si nous vivions une histoire ordinaire, simple et sans passé chaotique.

— Tu as été séparé de moi pendant des années, lui avais-je fait remarquer.

— Je sais. Je parle donc en connaissance de cause. J'en ai détesté chaque seconde. J'aimerais bien que tu m'expliques ce qu'il y a d'amusant là-dedans.

J'avais ri doucement contre lui. Ce n'était même pas du romantisme exacerbé. Tristan était toujours sincère quand il me parlait. C'était aussi pour cette raison que j'étais si amoureuse de lui : il ne cachait rien de ce qu'il ressentait.

— Un jour, peut-être, avais-je répondu.

Nous nous étions allongés l'un contre l'autre, et mon rire s'était transformé en un large sourire. J'étais simplement heureuse, et c'était grâce à lui. Malgré tout, j'étais partie.

— Je me demande juste pourquoi tu ne l'as pas fait avant, demanda Hélène, me sortant de ce souvenir agréable.

— J'ai essayé une fois. Mais, je me suis plantée.

— Une fois ? répéta Hélène.

— Hélène…

— Tu as essayé une fois ? Tristan t'attend pendant

des années et, toi, tu jettes l'éponge après une seule petite tentative ?

— Ma jauge de culpabilité est déjà pleine, tu sais. Et je te demande de l'aide, lui rappelai-je. La dernière fois, ce n'était juste... Ce n'était pas le bon moment, ni pour lui, ni pour moi. Je crois qu'il a bien fait de me repousser.

Nous étions désespérés d'avoir perdu Bastien. La tristesse de Tristan semblait même irradier de son corps, repoussant tout et tout le monde loin de lui. En apprenant la nouvelle de son décès, j'avais fondu en larmes pendant plusieurs heures et j'avais pris ensuite le premier vol disponible pour la France.

De retour chez moi, devant le silence de mon appartement et le vide intense qui m'habitait, j'avais pris conscience de ma vie sans âme. Je n'avais personne avec qui partager mes souvenirs de Bastien, personne avec qui pleurer, personne avec qui maudire le destin et le hasard. Tristan me manquait. La mort de Bastien n'était qu'un puissant révélateur du vide de ma vie. J'avais honte. Hélène avait tout perdu et, moi, j'avais tout gâché.

— J'ai quitté Tristan pour ne pas être un caillou dans sa chaussure, dis-je finalement. Il devait avoir une grande carrière, il ne l'aurait jamais eue en restant avec moi.

— Tu ne peux pas le savoir.

— Non, c'est vrai. Mais cette expo me donne raison, finalement.

— Tristan se fiche d'être connu. Il se fiche de réussir ou d'arpenter le monde.

— Je ne voulais pas être un frein. Il aurait fini par prendre de mauvaises décisions. Il m'en aurait voulu, inconsciemment, et je n'aurais pas supporté de le voir se déliter peu à peu.

— Un mal pour un bien ? demanda Hélène.

— C'est ce que je pensais à l'époque. Ne te méprends pas, j'ai été tout aussi malheureuse que lui.

— Je crois que c'est encore pire : Tristan était malheureux, et toi aussi. Vous êtes irrécupérables !

— Je l'ai quitté pour lui. Uniquement pour lui. Parce qu'il ne se rendait pas compte qu'il allait gâcher sa carrière.

— Peut-être que tu étais plus importante que sa carrière ? Peut-être que tu étais plus importante pour lui que tout le reste ?

— Je ne voulais pas être un frein.

— Tu te voiles la face : rien n'a changé depuis. Il est connu, tu es médecin. C'était déjà le cas quand vous étiez ensemble, sa carrière ne cesse de progresser. Je crois que tu avais juste la trouille.

Hélène risqua un petit sourire compatissant. Elle avait raison : j'avais paniqué. J'avais déjà échoué dans ma relation avec Stéphane, je ne voulais pas d'un nouvel échec, en particulier avec Tristan. Vivre avec lui, c'était prendre le risque de ne plus nous supporter en quelques semaines. Quitter Tristan m'avait coûté. Lui rendre ses clés, ne plus répondre à ses appels, jouer à cache-cache dans les couloirs quand il tentait de me trouver à l'hôpital, effacer toutes ses traces de mon appartement… J'avais lutté pendant des mois, avant d'abandonner : ce que je ressentais ne s'effacerait pas. J'avais donc vécu avec.

J'étais maintenant prête à revivre avec lui et à reprendre notre histoire.

— S'il te plaît, Hélène. J'ai vraiment besoin que tu nous aides.

— Tu veux que je lui glisse un petit mot plié en quatre et écrit au feutre ?

— Pourquoi pas ? dis-je en riant. Si ça fonctionne…

— Vous êtes terrifiants. Mais si je ne vous aide pas, vous n'avancerez pas, et je crois que c'est encore plus effrayant. Que veux-tu que je lui dise ?

— Oh ! je… Je ne sais pas trop. Je pensais juste que tu allais m'aider à briser la glace.

À nouveau, Hélène me scruta, comme si elle cherchait à savoir si j'étais honnête. Je l'étais profondément. Je ne voulais pas qu'elle parle pour moi… juste qu'elle s'assure que je ne marchais pas sur un terrain trop miné. Pour une fois, j'allais me montrer courageuse.

— Donc, tu vas venir ? demanda Hélène.

— Avec ton aide, oui.

— Mon aide ?

— Tu peux lui donner mon numéro ? J'ai... je n'arriverai pas à l'appeler moi-même.

— Vraiment ?

— Vraiment. Et si tu peux aussi... Je ne sais pas... Prendre la température ? On ne s'est pas quitté les meilleurs amis du monde lors de notre dernière rencontre...

Elle arqua un sourcil, avant d'acquiescer. Mon sourire s'élargit, et elle poussa à nouveau l'enveloppe dans ma direction. Je la glissai dans la poche de ma blouse, lui promettant de venir.

— Et tu sais ce que tu vas lui dire ?

— Je le sais depuis longtemps.

J'avais déjà essayé.

— On fait quoi maintenant ? avait-il demandé, aussi froid et impénétrable que le mur du cimetière qui était derrière lui.

— Peut-être qu'on devrait reprendre du début. Je m'appelle Emma et je suis libre demain pour un petit déjeuner.

Cette fois, j'espérais qu'il prenne ma main.

Chapitre 9

Tristan avait toujours le même parfum : une odeur de sous-bois, un peu terreuse et végétale, réhaussée d'une pointe de menthe. Pendant des années, il m'avait suffi de sentir cette fragrance pour être propulsée dans un cocon chaud et réconfortant. L'étreinte de ce soir ne faisait pas exception.

J'entourai Tristan de mes bras, soulagée d'y être accueillie. Ce moment allait décider du reste de la soirée et, vraisemblablement, du reste de nos vies. Quand nous nous écartâmes l'un de l'autre, je scrutai ses yeux : il n'y avait aucune amertume, aucun regret. Tristan m'observait, comme s'il voulait s'assurer que j'étais bien présente.

— Emma ? fit-il, incertain.

— Tristan ?

— Ça te dirait de prendre la fuite ?

Je sentis un sourire étirer mes lèvres et je pris une profonde inspiration avant de répondre :

— Pas vraiment, non.

Son visage se décomposa, et je pris sa main dans la mienne aussitôt pour le rassurer. Je nouai mes doigts autour des siens, puis m'approchai de lui. Sa respiration s'accéléra et, malgré moi, je me surpris à sourire : c'était rassurant de sentir que je lui faisais toujours de l'effet. J'espérais juste que je lui en faisais autant qu'il m'en faisait.

— J'ai une invitation pour une expo photo, expliquai-je.

— Tu veux vraiment voir ça ?

— C'est autant ton moment de gloire que le mien. J'espère qu'il y a, a minima, un autel à ma gloire, avec des cierges et ballons !

— On a dû le retirer pour mettre le buffet, dit-il en plaisantant. Gestion des priorités.

— J'aimerais vraiment la voir. J'étais là au début, j'aime l'idée d'être là maintenant.

— Comme tu veux.

Je l'entraînai vers la galerie, sentant sa main se crisper autour de la mienne. Une chaleur douce nous accueillit en franchissant la porte, et je croisai le regard pétillant d'Hélène. Elle me fit un petit signe de tête, avant de désigner ma main accrochée à celle de Tristan.

Je lui avais promis d'agir au mieux et de me faire

pardonner mes erreurs avec Tristan. D'un sourire, je la rassurai : en une seule étreinte et quelques mots, je savais que j'avais fait le bon choix, celui que j'avais repoussé pendant des années et qui, désormais, m'apparaissait comme une évidence.

— Par où on commence ? demandai-je à Tristan.

— Par la fin, dit-il, avec un large sourire.

— Comme toujours, soufflai-je.

— Je n'ai pas changé depuis tout ce temps. Je veux toujours la fin de l'histoire. C'est par ici.

Il désigna un emplacement à l'autre bout de la galerie. Les photos accrochées ne semblaient pas ressembler à ses portraits habituels. En approchant des clichés, je compris que j'étais sur deux d'entre eux.

— Liliana voulait que je choisisse des photos plus personnelles, expliqua-t-il.

Les quelques personnes agglutinées devant le mur s'écartèrent et me jetèrent des regards curieux. Lorsque mon regard s'arrêta sur la photo de Tristan et moi, enveloppés entre les draps, ma respiration s'alourdit, et j'eus la sensation qu'on écrasait mes poumons. Cette photo ranimait des souvenirs enfouis et heureux. Que Tristan l'expose me donnait aussi de l'espoir : d'une certaine manière, cette photo – et donc notre histoire – l'avait marquée.

— J'ai l'impression qu'une vie entière est passée depuis, murmurai-je.

— Presque oui. Mais quand je pense à ma propre vie, tu es présente au moment les plus importants.

— Combien de temps dure la rétrospective ?

— Trois mois. On peut enlever cette photo si tu…

— Non, au contraire. Mais j'aimerais bien la récupérer ensuite.

— Avec plaisir. J'ai promis l'autre à Hélène.

Il désigna la photo où Bastien était au premier plan, riant aux éclats pendant que je tentais de l'éclabousser d'un coup de pied. Cette journée avait été un calvaire tant je me sentais étouffée par la bague de fiançailles que je portais mais cette photo, elle, ne respirait que le bonheur.

— Tu sais capter la joie, dis-je, un peu émue.

— Tu n'étais pas joyeuse. J'étais en colère et, toi, tu étais particulièrement butée.

— Je suis toujours butée.

— Je sais. Je ne le sais que trop, d'ailleurs.

— J'ai fini par jeter ma bague, lui rappelai-je, les yeux rivés sur la photo.

— J'aurais préféré que tu jettes ton mec, en fait.

— Je l'ai fait aussi ! protestai-je, un peu vexée.

— Oui, plusieurs mois plus tard. Tu sais, maintenant que j'y pense, c'est ça notre problème : tu as ton propre fuseau horaire, perpétuellement en retard sur le mien.

— C'est totalement faux. C'est toi qui es bien trop en avance.

Il pivota vers moi, un sourire à couper le souffle sur les lèvres. Huit ans après notre première rencontre, Tristan était toujours aussi beau, avec son regard envoûtant, ses épaules larges et son magnétisme naturel. C'était injuste : même si je l'avais voulu, je n'aurais eu aucun moyen de résister.

— En avance ? répéta-t-il.

— Tristan, dès le début, tu voulais m'offrir un petit déjeuner. Si je t'avais laissé faire, nous aurions fondé une famille de cinq enfants en un clin d'œil.

— Ça ne m'aurait pas déplu, fit-il en haussant les épaules, désinvolte. Disons que je suis en avance et que j'ai juste attendu pendant toutes ces années que tu veuilles ces cinq enfants.

— Vraiment ? m'esclaffai-je.

— Vraiment.

Sa voix était soudainement plus sérieuse. Mon sourire s'estompa et, délicatement, Tristan fit courir ses doigts sur ma joue. La foule autour de nous disparut dans l'instant, et je retins mon souffle. Serrer Tristan contre moi n'avait été qu'un avant-goût ; sentir sa peau caresser la mienne réveillait mon corps au point de me faire frissonner.

— Je t'ai attendue une bonne partie de ma vie, Emma. Je crois maintenant qu'il faut qu'on se décide, reprit Tristan.

— On peut reparler de l'histoire des cinq enfants d'abord ?

— On peut reparler de tout ce que tu veux.

Il baissa la main, et le monde reprit sa marche. Le brouhaha des conversations revint, ma respiration retrouva son rythme normal, et je rouvris les paupières. Tristan me scrutait avec intensité, me mettant presque mal à l'aise.

— J'ai choisi ces photos parce qu'elles me rappellent notre histoire : le pire comme le meilleur, expliqua-t-il en désignant les clichés sur le mur.

— Le pire quand nous étions sur la plage ?

— Te savoir sur le point de te marier était effroyable. Je n'arrêtais pas de me dire que j'aurais dû m'y préparer, mais j'avais dû mal à y croire. J'avais surtout dû mal à me dire qu'un autre homme pouvait te rendre heureux.

— Je ne sais pas si je dois être épatée par ta clairvoyance ou un peu choquée par ton orgueil ! dis-je en riant.

— Sûrement un peu des deux. Et le meilleur, c'est notre première nuit ensemble.

Je risquai un sourire incertain. Quitter Stéphane ne m'avait pas demandé beaucoup de courage. Je savais, inconsciemment, que je commettais une erreur en me servant de lui pour repousser Tristan. Je le savais depuis le début. Mais il avait fallu me confronter à Tristan et à ce que je ressentais pour lui pour me décider enfin.

— Je devrais te remercier pour ça, soufflai-je.

— Pour nos nuits débridées ?

— Éventuellement. Mais surtout pour être venu ce jour-là. Pour avoir dit que la photo était terne, pour m'avoir demandé ce que je ressentais vraiment, pour m'avoir mise au pied du mur.

— Te sauver est une de mes grandes spécialités, reprit-il sur le ton de la plaisanterie.

— C'est vrai.

Un silence pesant s'installa, et nous restâmes à contempler les photos pendant de longues secondes. Les regarder, c'était comme soulever le drap blanc d'un meuble : cela révélait un tas de souvenirs en accéléré.

— Si tu veux me renvoyer l'ascenseur et me sauver de cet endroit, n'hésite surtout pas, lança-t-il.

— Tristan, c'est ton expo et ton travail. Tu ne peux pas partir comme ça !

— Les photos sont déjà accrochées aux murs, et nous sommes à quelques mètres de la porte. Et puis, il faut qu'on parle.

— Ça peut attendre demain.

— Demain ? répéta-t-il, en haussant un sourcil. Ça ressemble à un plan à long terme, et ce n'est pas du tout ton genre.

— J'ai peut-être changé !

— J'espère que non.

Sans attendre, il glissa sa main dans la mienne, jeta un coup d'œil autour de nous et nous dirigea vers la sortie de la galerie. Je réprimai un fou rire, ayant la sensation de faire le mur au nez et à la barbe des adultes, comme si j'avais quinze ans. Dès que nous fûmes à l'extérieur, l'air frais me fit du bien et j'éclatai de rire.

— Mon appartement n'est pas loin, expliqua-t-il, en désignant une rue sur ma droite.

— Tu vis ici ? m'étonnai-je.

— Pas vraiment. J'ai un appartement mais je passe mon temps à faire des allers-retours, le temps de préparer l'expo.

Je ravalai ma déception. J'aurais dû me douter que Tristan ne vivait pas ici. Il ne vivait sûrement nulle part, voyageant régulièrement sans vraiment se poser. Ça ne changeait pas mon état d'esprit, mais cela ouvrait de nouveaux scénarios sur la suite de notre conversation.

— Et toi ? demanda-t-il.

— Oh ! oui, je vis à Paris. Dans un appartement aussi petit que hors de prix.

À nouveau, le silence nous enveloppa. Pendant des années, nous avions nourri des conversations interminables et partagé des rires contagieux, maintenant nous peinions à trouver un sujet de discussion. J'avais tendance à croire que nous n'avions pas beaucoup changé, mais que notre relation, elle, s'était transformée.

— Je sais que je te dois des explications, repris-je, finalement.

— Il y a prescription, non ?

— Non, justement. J'aimerais... Tristan, si je suis venue ce soir, c'est pour savoir si c'est juste une énième rencontre ou si c'est le début de quelque chose.

— Le début ou la fin ? demanda-t-il avec sérieux.

— Je crois qu'on le saura après avoir parlé.

— Emma, si tu es venue jusqu'ici pour soulager ta conscience, c'est inutile.

— Te quitter a été une décision affreuse, avouai-je. Mais je ne voulais pas que notre histoire sabote ta carrière. Ça aurait été injuste.

— Je comprends, répondit-il, laconique.

— Tu comprends ?

— Oui, intellectuellement, je comprends. C'était une décision presque raisonnable. Tu avais ta carrière, tu te donnais à fond pour réussir. Je peux comprendre que, d'après toi, il ne faut pas louper les opportunités.

— Tu vises la canonisation ? dis-je en riant.

— Non. Parce que je sais aussi que c'était un fabuleux prétexte pour toi pour prendre la fuite. Tu n'étais pas prête à t'engager.

— C'est vrai, acquiesçai-je, soudain un peu triste. J'adorais notre relation telle qu'elle était, je ne voyais pas d'urgence à la faire évoluer. Avec toi, la routine m'effrayait, j'en ai pris conscience quand nous nous sommes vus au cimetière. J'avais trop peur de perdre ce que nous avions.

Il m'adressa un petit sourire complice et libéra ma main pour mieux enrouler son bras autour de ma taille. Cette étreinte familière m'allégea de quelques doutes. Je m'étais préparée à une conversation âpre et douloureuse ; Tristan m'offrait son pardon sur un plateau.

— Je te l'ai dit, j'ai compris ce mode de fonctionnement. La seule chose que je n'ai pas vraiment compris, c'est pourquoi tu ne m'en as pas parlé directement.

— Parce que tu m'aurais fait changer d'avis.

— C'est bien ce que je dis : on se serait épargné un paquet de trucs désagréables si tu m'avais fait part de ton raisonnement absurde.

— Absurde ? Tu as dit que tu comprenais !

— Je comprends. Et je le trouve absurde. Je voulais les deux, Emma. Je voulais une carrière et toi. Je le veux toujours, admit-il, en secouant la tête. Parce que les deux, ensemble, me rendent heureux.

Il s'arrêta à un croisement et rapprocha son visage pour sentir ma chevelure. Il respira mon parfum tandis que mes jambes flageolaient d'émotion. Cela ne dura qu'une courte seconde mais suffit à me rassurer sur son état d'esprit.

— Tu as eu un aperçu photographique de mes dernières années et, toi, qu'as-tu fait ? demanda-t-il.

— Oh ! le travail. J'ai voyagé, j'ai fait quelques missions humanitaires. Je crois que j'ai fait tout ce que je pouvais pour éviter de revenir ici. Finalement, après la mort de Bastien, je suis restée en France et j'ai trouvé un poste à l'hôpital pour enfants.

— Tu es revenue pour ce poste ?

— Je suis revenue pour toi, corrigeai-je aussitôt. J'ai mis du temps à comprendre que ce que nous avions je ne le trouverais pas ailleurs. Mais, je dois admettre que notre dernière rencontre m'a fait beaucoup douter et…

— Je n'étais pas prêt, me coupa-t-il. Nous étions malheureux tous les deux, ça aurait viré à la catastrophe.

— Et maintenant ?

Nous avions repris notre balade, mon corps étroitement serré contre le sien, le cœur gonflé d'espérance et d'amour, mes pieds néanmoins gelés par le froid nocturne.

— Est-ce que c'est le début ou la fin ? insistai-je.

— Je réfléchis.

Sa réponse me désarçonna : c'était plutôt mon style d'être elliptique et de parler en énigme. C'était agaçant, en fait. Son téléphone vibra dans sa poche, et il prit le temps de regarder le nom qui s'affichait sur l'écran.

— Liliana va mettre ma tête à prix, reprit-il un sourire aux lèvres.

— Dis-lui que c'est ma faute.

— Elle le sait déjà, répondit-il en éteignant son téléphone.

Il nous arrêta devant un immeuble et composa le code.

Après quelques escaliers, nous parvînmes devant une nouvelle porte, plus petite. Tristan sortit ses clés, la déverrouilla et m'invita à entrer. L'appartement était à couper le souffle, digne de figurer dans un de ses magazines de décoration qui traînaient dans la salle d'attente des urgences. Je balayai l'espace des yeux, souriant largement en repérant des photos étalées au sol.

— Je nous prépare quelque chose, me prévint Tristan en s'éclipsant vers la cuisine.

Je hochai la tête, déambulant dans la pièce principale. Un imposant canapé en cuir chocolat était repoussé contre un mur blanc cassé, tandis que le reste de la pièce reprenait des codes industriels, avec un mélange de bois brut et de métal.

— Tristan ? criai-je.

— Emma ?

— Ce que je vais dire est sûrement déplacé, voire contre-productif, mais je me rends compte que j'ai bien fait de te quitter, non ?

— C'était absurde à l'époque, ça l'est encore plus maintenant, répondit-il.

— Non mais tu as vu cet appartement ? On dirait que tu as vraiment réussi à faire carrière ! ironisai-je.

Je posai mon sac et mon manteau sur une chaise, approchant avec prudence des photos. Il y en avait des dizaines : des portraits, des scènes familiales, des autoportraits. Sur chacune, je remarquai les jeux de lumière et d'ombre, typique du travail de Tristan. Les yeux rivés sur les clichés, je ne l'entendis pas arriver derrière moi.

— Tu en connais certaines, fit-il, me faisant sursauter.

— Quelques une, oui. Il y a de quoi faire deux ou trois expositions.

— J'ai eu du temps. Il fallait combler le vide. Tu prends toujours ton café sans sucre ?

Je pivotai vers la table, ne retenant pas mon large sourire : Tristan avait profité de ma fascination pour les photos pour nous préparer un petit déjeuner, alors qu'il n'était même pas minuit. J'arquai un sourcil, cherchant une confirmation de sa part.

— Certaines choses ne changent pas, fit-il.

— Les petits déjeuners ?

— Ça et nous. Emma, c'est ce que j'ai toujours voulu, dès que je t'ai rencontrée. Aujourd'hui, j'aimerais que ce soit le premier, celui qui marque le début de quelque chose, de nous. Et, surtout, j'aimerais ne plus avoir à te le proposer, j'aimerais ne plus attendre, j'aimerais que ce soit normal, spontané et récurrent. Si c'est ce que tu veux aussi, je…

Sa phrase mourut contre mes lèvres, tandis que j'agrippais son col de chemise pour l'attirer à moi. Instantanément, il enroula ses bras autour de ma taille et me serra contre lui. C'était le moment dont j'avais rêvé depuis plus d'un an.

Pas celui où on s'embrassait.

Ni celui où on se promettait d'être désormais toujours là, l'un pour l'autre.

Mais l'instant où je retrouvais tous les morceaux minuscules de mon cœur que j'avais donnés à Tristan pour mieux le retrouver. Ils les avaient gardés, précieusement et j'étais prête à lui en confier d'autres.

Notre baiser s'intensifia et, très vite, un désir brutal et impatient nous gagna. Tristan me fit asseoir sur la table, son corps puissant s'imposant entre mes cuisses. Je repris mon souffle, et il souda son front contre le mien.

— J'ai attendu presque huit ans avant de te poser cette question. Alors, j'ai besoin que tu réfléchisses avant de me répondre.

Mon cœur manqua un battement. Huit années. Huit années à le croiser, le perdre, le conquérir, essayer de l'oublier, nous faire du mal, nous retrouver. Il m'avait attendue, contre vents et marées et contre moi-même ; j'avais enfin compris que je l'aimais et j'étais prête à vivre notre histoire extraordinaire.

Même si ça pouvait paraître fou, ces huit années nous avaient forgés. Plus rien ne pourrait nous séparer, maintenant.

— C'est le moment où on doit tout se dire ? demandai-je.

— Exactement. C'est le jour où tu sautes dans le vide, en fait.

— Plus de secrets ?

— Plus de secrets.

— Plus de hasard ?

— Pitié, non. Prête ?

Je hochai la tête, sûre de nous. Et, pour la première fois depuis des mois, sûre de moi. J'étais apaisée et convaincue d'avoir pris la bonne décision. Alors, je décidai de prendre les devants, enfin. Et, en guise de réponse à la question qu'il ne m'avait pas encore posée, je demandai :

— Pour le gâteau de mariage : gaufres ou croissants ?

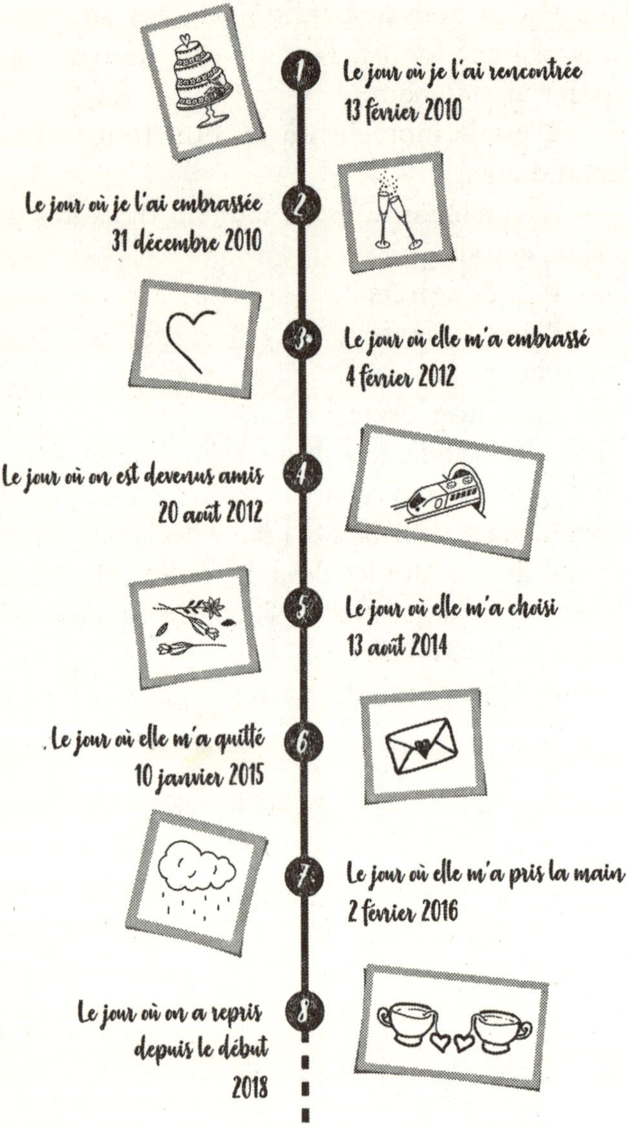
1
Le jour où je l'ai rencontrée
13 février 2010
2
Le jour où je l'ai embrassée
31 décembre 2010
3
Le jour où elle m'a embrassé
4 février 2012
4
Le jour où on est devenus amis
20 août 2012
5
Le jour où elle m'a choisi
13 août 2014
6
Le jour où elle m'a quitté
10 janvier 2015
7
Le jour où elle m'a pris la main
2 février 2016
8
Le jour où on a repris
depuis le début
2018

Remerciements

C'est le seizième ! Oui, le seizième roman. On pourrait croire qu'avec l'habitude et l'expérience, l'exercice est plus simple. C'est faux, évidemment.

Ce roman est le plus difficile que j'ai eu à écrire, celui qui m'a poussée le plus dans mes retranchements, celui qui m'a fait me remettre en question plus d'une fois. J'étais pourtant assez fière de cette idée, de me lancer dans une écriture non linéaire, plus nouvelle et plus challengeante. Je pense que j'avais sous-estimé le travail et l'énergie que cela me demanderait. Je ne le regrette pas, mais je me suis souvent gratté la tête en me demandant si j'allais sur la bonne route.

Par conséquent, j'appréhende d'autant plus votre accueil de cette histoire, car je suis partagée entre « il faut du renouveau » et du « bon, c'est quand même bien frappé mon truc ». Ajoutez à ça des personnages jusqu'au-boutiste avec un Tristan amoureux fou et une Emma fuyante et perdue, et vous comprendrez pourquoi j'ai gobé plus de doliprane que de chocolat lors de la rédaction de ce manuscrit.

Mais, finalement, je me dis « peu importe ». Je suis fière de ce roman. Fière d'avoir été au bout, fière d'avoir parlé d'amour fou et inexplicable, fière d'avoir un héros qui ne soit pas tout fait comme les autres héros de romance. Alors, oui, j'espère que vous aimerez. Dans tous les cas, ce roman aura une place particulière dans ma bibliographie, comme dans ma vie.

Je vous souhaite de vivre un tel amour, un amour fou et imprévisible. Je vous souhaite de trouver votre Tristan, pour sa patience et son indulgence ; je vous souhaite de trouver votre Emma, pour son grain de folie et sa lumière.

En tout état de cause, merci d'être là. Présentes, enthousiastes, patientes, toujours prêtes à embarquer dans un vol improbable et inconnu. Vous avez le sens de l'aventure et, honnêtement, ça m'aide à passer outre mes innombrables doutes.

Mes remerciements aux équipes de HarperCollins France. À Sophie, qui valide mes idées sans même se douter du guêpier à venir (elle finira par se rendre compte de son inconscience…). À toutes les équipes de l'ombre qui font leur maximum pour mettre mes livres dans la lumière : les Chloé, Mélusine, Delphine, Clémence, Aurélie, Marie, Emmanuelle et tous ceux dont je ne connais pas le prénom mais qui œuvrent de leur côté !

Comme toujours, un mot pour mes proches… Mon mari : maître Jedi de la patience et de l'encouragement. Chaque jour, je me dis que j'ai de la chance de l'avoir près de moi. C'est mon héros de romance à moi, celui que je ne partage pas. Mes enfants :

mon ado, copié/collé de son père, ma fille adorée et si artiste (certains diraient copiée/collée de sa mère) et mon dernier né (pas encore né à l'heure où j'écris ses lignes…), notre cinquième élément.

Vous avez aimé ce roman d'Emily Blaine ?
Découvrez son roman
Un peu plus d'amour que d'ordinaire
disponible en poche !

« *On aime cette romance douce et tendre comme un début d'été.* » **Cosmopolitan**

Tournez vite la page pour découvrir un extrait !

Harper
Collins
POCHE

Chapitre 1

Ce n'était pas la première soirée de gala à laquelle j'assistais. Les salles de réception d'hôtels fastueux, les tables rondes dressées avec soin et dont les nappes immaculées finissaient inévitablement tachées de vin, les discours tantôt émus tantôt interminables, tout ça, je connaissais. Mais c'était la première fois que je sentais le poids des regards réprobateurs de mes coéquipiers sur moi. Habituellement, ce type de soirée organisée par le club avait pour objectif de nous féliciter de notre saison et de nous offrir un moment de détente pendant lequel nous partagions nos destinations de vacances. À l'occasion, nous faisions nos adieux à un des joueurs, en partance pour une autre équipe. Cette fois, ce joueur c'était moi. Sauf que je ne rejoignais pas un club concurrent ; j'arrêtais. Parce que j'avais choisi de prendre ma retraite, l'ambiance était différente ; je la sentais plus lourde dans les regards, plus pesante dans les poignées de main, plus morose dans les sourires.

La nouvelle de mon départ planait, et il fallut attendre qu'on soit tous attablés pour qu'elle débarque enfin par le biais du président du club.

— Alors, Luke, j'imagine que tu as déjà pensé à ta reconversion ?

Je bus rapidement ma gorgée de vin et secouai la tête.

— Je n'y ai pas vraiment réfléchi. Je crois que je vais commencer par m'offrir de vraies vacances et manger sans penser à mon régime, souris-je.

— Nous allons étudier toutes les options pour la suite, intervint mon agent.

Nous avions reçu beaucoup d'offres. Je le savais déjà. Et je savais aussi que James, mon agent, lâchait cette information pour faire monter les enchères. Entre les propositions des chaînes de télévision, les contrats publicitaires et les possibilités d'intégrer un staff sportif, j'avais l'embarras du choix. C'était le mot : embarras. Je n'avais aucune idée de ce que je voulais faire. Pendant des années, le sport – et le rugby en particulier – avait été toute ma vie. Même si j'étais sûr de mon choix et heureux de tourner cette page, je n'avais pris aucune décision concernant mon avenir.

— Je veux prendre mon temps, repris-je pour couper court à la discussion.

— Bien sûr, ce sont des sujets dont nous pourrons parler d'ici quelques jours.

— Mois, corrigeai-je. Parlons en mois.

Le temps était toujours ce qui m'avait manqué. Les entraînements, les matchs, les compétitions, les déplacements ; depuis mes quinze ans, toute ma vie avait été cadencée par le sport de haut niveau et par la quête absolue de la performance. Désormais, j'avais envie d'autre chose, envie de prendre mon temps, de savourer ce qu'une vie normale pouvait m'offrir.

— Je crois que j'ai envie de voyager, avouai-je brutalement.

— Tu as passé ta vie à voyager ! s'esclaffa le président du club.

— Vraiment voyager. Visiter des endroits différents, rester plus de trois jours, marcher sur autre chose que du gazon. Voyager.

D'un claquement de doigts agacé, j'interpellai le serveur et désignai mon verre à vin. Je desserrai le nœud de ma cravate, ignorant les regards surpris de mes voisins de la table d'honneur. Durant mes dix-huit années de carrière de haut niveau, j'avais fait en sorte de toujours garder mon calme, même lors des matchs compliqués ou mal engagés. Je savais supporter la pression, mais, ce soir, l'ambiance étouffante me poussait dans mes retranchements.

Je vidai mon verre d'un trait et lançai un regard sombre à mon agent. Il recula au fond de sa chaise et comprit immédiatement que je ne voulais plus parler de moi, ni de mon avenir.

— Nous avons du temps avant de nous pencher sur la question, conclut le président du club. Où voudrais-tu voyager ?

— Je n'y ai pas encore réfléchi.

Et pour cause, je venais juste d'y penser. De l'air, de la liberté… et des vacances : voilà tout ce dont j'avais besoin pour le moment. Je jetai un coup d'œil à ma montre, impatient de m'extirper de cette soirée.

— Je vous prie de m'excuser quelques minutes, murmurai-je.

Je repoussai ma chaise et me dirigeai vers l'extérieur de la salle de réception. L'air frais et humide de la nuit me fit aussitôt du bien ; j'avais à nouveau la sensation de respirer convenablement. Je me débarrassai de ma cravate, la nouant à la branche d'un des arbres qui agrémentaient le parc attenant. Déboutonnant ma chemise, je remontai l'allée principale, mes pas crissant sur le gravier et ébréchant régulièrement le silence nocturne.

J'enfonçai les mains dans mes poches, songeant à ce que je venais d'annoncer à table. Voyager. Ce n'était pas tant la quête de nouveauté que le fait de réaliser brutalement que peu de choses me retenaient en Australie. J'avais besoin de voir autre chose, de sortir de ma routine rassurante – désormais disparue –, voire de prendre un nouveau départ. J'aurais pu me raccrocher à ma vie professionnelle et foncer tête baissée dans un projet de reconversion. Mais cela ne m'aurait pas libéré de ce qui me hantait depuis plusieurs semaines : l'envie pressante de vivre autre chose que mon sport.

— Hé, mec ! Ils parlent de toi à l'intérieur ! fit la voix d'un de mes coéquipiers, Erik.

— Oraison funèbre ? demandai-je.

— Presque, ouais.

Il me fit un petit sourire désolé et attendit patiemment que je m'avance dans sa direction. J'étais certain qu'on lui avait donné pour instruction de me ramener dare-dare dans la salle pour mon ultime quart d'heure de gloire. Quand finalement j'arrivai à sa hauteur, il lâcha la question qui brûlait les lèvres de tout le monde :

— Tu regrettes ?

— Pas du tout, répondis-je avec assurance. Je crois au contraire que c'est le bon moment.

— Et on sait ça comment au juste ?

— Quand sortir de la salle est plus intéressant que de rester à l'intérieur. Il y a une vie, en dehors de tout ça, soufflai-je.

— On se disait tous qu'ils allaient t'embaucher dans le staff. Genre, préparateur physique. Histoire de nous rappeler que soulever de la fonte a son utilité ou que le décrassage est pour notre bien.

Nous échangeâmes un sourire. Je n'étais guère

plus vieux que lui – nous ne devions pas avoir plus de cinq ans de différence –, et notre conversation me rappela que j'avais développé des relations fortes avec mes coéquipiers. J'étais l'un des plus expérimentés et des plus anciens dans ce club ; forcément, on m'avait souvent considéré comme une sorte de grand frère aux conseils judicieux.

— Le décrassage est pour ton bien, dis-je dans un rire. Mais je crois qu'il est temps pour moi de voir autre chose que des mecs puants en short, qui passent leur temps à râler dès qu'il pleut.

Parce que ma voix avait vibré d'émotion, ma tentative de plaisanterie tomba à plat. Si le rugby avait été une maîtresse exigeante, mon équipe avait été comme une famille. Sur le terrain, nous savions nous trouver sans même nous regarder ; en dehors, nous étions solidaires. Nous faisions la fête après chaque victoire, nous nous soutenions en cas de défaite.

— Tu nous as tous pris par surprise avec cette nouvelle, avoua Erik.

Le souvenir de mon annonce, juste après notre dernier match victorieux du championnat, me tira un sourire. J'avais réfléchi à cette décision pendant des semaines, j'en avais avisé mon agent et les responsables du club, négociant de pouvoir en parler directement à mes coéquipiers. Mon ultime exigence.

— J'ai envie de voir autre chose que le stade ou les vestiaires.

— Il n'y avait pas d'urgence, contra-t-il. Tu as encore quelques années devant toi.

— Justement, je ne veux pas attendre de finir avec une articulation en miettes ou un dos totalement ruiné.

— Tu veux partir au plus haut de ta carrière pour qu'on te regrette tous, c'est ça ?

— C'est ça, oui. Je ne vous laisse que de bons souvenirs !

— Tu plaisantes ? La semaine dernière, tu nous as poussés à courir cinq kilomètres de plus ; avant-hier, j'ai dû faire trois séries de tractions supplémentaires et, ce soir, j'ai dû mettre une cravate, lança-t-il, agacé, en tirant sur le bout de tissu.

— Cette soirée n'est pas pour moi !

— À ton avis, de qui on parlera demain ? Qui sera en une des journaux ?

Devant mon silence, il étouffa un rire et m'offrit une tape virile sur l'épaule. Malgré moi, j'esquissai un sourire. C'était rassurant de savoir que je demeurerais, d'une manière ou d'une autre, dans les mémoires. Peu importe que j'y sois en tant que tortionnaire des vestiaires, jeune retraité ou comme détenteur du record de points en championnat, on se souviendrait de moi.

Au moins Erik, et, avec un peu de chance, peut-être les autres.

— Est-ce que ta sœur va mieux ? demandai-je en avançant lentement vers l'entrée de la salle de réception.

— Oui, elle commence le kiné la semaine prochaine. Elle a juré de refaire du surf dès que possible.

Un sourire éclaira son visage et, en guise d'encouragement, je frappai fraternellement son épaule. Quand l'un de nous subissait un coup dur, nous nous serrions les coudes. Nous étions une équipe et, si l'un des membres n'était pas concentré à cent pour cent, cela fragilisait tout notre fonctionnement. C'était sûrement pour cette raison, pour l'implication totale qu'il exigeait, que ce sport avait été toute ma vie. J'avais toujours voulu être le meilleur, celui qui courait le plus vite, celui qui marquait le plus de points. Pour le devenir, j'avais sacrifié tout le reste, j'avais évité les distractions et repoussé tous ceux et toutes celles qui pouvaient m'éloigner de mon objectif.

Demain, quand cette soirée serait déjà un vague souvenir, quand je me réveillerais sans devoir enfiler des baskets pour sortir courir, ma nouvelle vie s'étendrait devant moi comme une immense page blanche.

Nous arrivâmes devant l'entrée de la salle ; d'ici, je n'entendais que la voix du président du club, résonnant dans les haut-parleurs. Je n'avais préparé aucun discours, mais il avait entrepris de réciter ma biographie sans attendre que je réapparaisse à la table principale. Des rires fusèrent dans la salle, entrecoupés d'applaudissements.

— Et ça non plus, ça ne va pas te manquer ? m'interrogea Erik en rejoignant la salle de réception.

— Les petits-fours ?

— La gloire, les applaudissements, les louanges.

— C'est encore plus éphémère que les petits-fours, répondis-je. Tu devrais rejoindre ta place avant que ta future femme finisse par succomber au charme d'Oliver.

D'un geste du menton, je désignai sa table, située à la droite de la salle. Il m'offrit une accolade un peu maladroite, comme s'il voulait à la fois me souhaiter bonne continuation et me remercier d'avoir été dans l'équipe.

Les lumières étaient dirigées sur le président du club ; derrière lui trônait mon portrait en noir et blanc, imprimé dans des dimensions disproportionnées. Je secouai la tête et choisis de rester au fond de la salle, appuyé contre le mur, refoulant le sentiment déplaisant d'assister à mes propres funérailles.

— Après ce beau parcours au sein de notre club, Luke a donc décidé de mettre un terme à sa carrière. Nous le regretterons. Nous regretterons ses coups de pied salvateurs de dernière minute, son rire communicatif dans les vestiaires, son énergie incroyable sur le terrain et, surtout, ses problèmes récurrents avec ses cheveux.

J'étouffai un rire et glissai la main sur ma crinière blonde. Mes cheveux étaient indomptables et une source inépuisable de plaisanteries de la part de l'équipe. J'avais fini par les laisser pousser et, à l'occasion, j'en camouflais les boucles dans un *man bun*.

— Luke, tu vas vraiment beaucoup nous manquer. Mais je vais te dire ce que je t'ai dit pendant des années, à la fin de chaque match.

Il esquissa un sourire et, même si j'étais loin de la scène, il devina ma silhouette musclée tapie au fond de la salle. Je n'étais pas certain qu'il puisse voir mon visage, et encore moins le sourire ravi qui ornait mes lèvres.

Je savais exactement ce qu'il allait me dire :

— Bien joué.

C'étaient sûrement les deux mots que j'avais le plus entendus durant ma carrière sportive. Pendant les matchs, après un essai transformé ou une longue course jusqu'à la ligne ; après les matchs, dans le vestiaire, quand mes coéquipiers venaient me taper dans la main ; en interview, lorsque les journalistes me félicitaient pour un nouveau titre ou mon dernier trophée.

Bien joué.

Parce que j'avais entendu ces mots régulièrement, je n'y faisais presque plus attention. C'était aussi courant qu'un bonjour ou un merci. Pourtant, ce soir, ce « bien joué » résonnait différemment à mes oreilles et, à cet instant précis, je sus que j'avais pris la bonne décision.

Je me détachai du mur et me dirigeai vers le président du club, éclairé par une poursuite. Les applaudissements résonnèrent dans la salle et, comme un seul homme, le public se leva pour une dernière ovation. Ému, je profitai du moment, laissant mon regard balayer tous ces visages amicaux. Après quelques minutes, les applaudissements se tarirent, et je devinai enfin les battements erratiques de mon cœur. J'avais déjà ressenti la joie incroyable de gagner des matchs importants, la plénitude qu'offrait un enchaînement de victoires mais ce soir, parce que j'étais à fleur de peau, les émotions étaient décuplées.

J'exultais, un immense sourire aux lèvres, la gorge serrée de retenir mes larmes de joie, le cœur gonflé de la conviction d'avoir pris la bonne décision.

— Bien joué, murmurai-je pour moi-même. Bien joué, Luke.

Le lendemain matin, pour la première fois depuis plus de vingt ans, je me réveillai sans la sonnerie stridente et insupportable du réveil.

Pour la première fois depuis plus de vingt ans, je ne commençai pas ma journée par une série de cinquante tractions.

Extrait

Pour la première fois depuis plus de vingt ans, je m'autorisai un vrai petit déjeuner, à base d'œufs, de toasts à la confiture et de café noir, sur ma terrasse surplombant l'océan et la plage.

Pour la première fois depuis plus de vingt ans, j'avais la journée entièrement libre. Pas d'interviews, pas d'entraînements épuisants, pas de rendez-vous avec mon kinésithérapeute.

J'étais libre, et cette sensation était tellement grisante que je ne savais pas si je devais en être heureux ou effrayé. Le rugby avait été toute ma vie, et je réalisais maintenant que je n'avais existé qu'à travers mes performances. Glorifié un jour, descendu en flèche le lendemain, pardonné la semaine suivante. C'était un cycle infernal et permanent. Même si je les détestais et que je faisais tout pour me tenir éloigné des critiques sportives, je devais admettre qu'elles avaient participé à ma réussite professionnelle.

— Toute publicité est bonne à prendre, avait souligné mon agent alors que la presse se posait des questions sur mon implication en équipe nationale.

— Ils disent que je ne suis pas à cent pour cent. Ces mecs ont-ils déjà couru plus de cinquante mètres dans leur vie ?

— Tant qu'ils parlent de toi, c'est qu'ils comptent sur toi. Transforme deux essais demain et tu seras un demi-dieu dans tout le pays.

— Et si je ne le fais pas ?

— Ils trouveront un autre gus à étriller.

Accoudé au rebord de ma terrasse, mon mug de café décaféiné à la main, je savourais ma nouvelle vie normale, suivant des yeux les promeneurs sur la plage. Je ravalai un rire en prenant conscience que je n'avais jamais pris le temps de marcher sur cette plage. J'avais surfé sur les vagues à l'occasion, j'y avais fait mon footing, casque vissé sur les oreilles, attentif à mon rythme cardiaque et à mon temps de course, mais je n'avais jamais écouté le bruit de l'océan, ni fait attention aux badauds.

En entendant mon téléphone vibrer, je m'arrachai à la contemplation du paysage devant moi. Je posai mon mug sur la table et consultai mes messages.

Elle a dit oui. Et tu n'as plus d'excuses pour dire non. Ramène tes fesses.

Un large sourire barra mon visage. Cette vie normale, au parfum d'iode, de café et d'heureuses nouvelles, tenait toutes ses promesses.

Chapitre 2

— Toujours pratiquer un sport d'intérieur, fit une voix sur ma gauche.

Je relevai les yeux vers Céleste et esquissai un bref sourire tandis qu'elle observait le terrain de sport, arquant un sourcil dubitatif. L'équipe du collège était en plein entraînement, pataugeant dans la boue.

— Et, de manière générale, ne pas pratiquer de sport du tout, ajouta-t-elle en réprimant un frisson d'effroi. J'ai toujours dit que c'était mauvais pour la santé !

Je portai mon mug de café à mes lèvres, laissant mes yeux dériver vers les bandes de brouillard encore présentes qui enrubannaient les pins. Céleste était d'une nature expansive et rieuse. J'avais toujours été épatée par sa capacité à sympathiser avec n'importe qui en quelques minutes. En deux phrases et un rire, elle charmait ses interlocuteurs.

Extrait

— Tu te tiens volontairement à l'écart pour éviter le documentaliste et son projet d'exposition ? demanda-t-elle soudain.

— Je me tiens toujours volontairement à l'écart, répondis-je en refermant les mains sur ma tasse chaude.

Nous gardâmes les yeux rivés sur les collégiens qui criaient d'enthousiasme. Céleste fronça les sourcils et retint un sifflement en dardant les yeux sur un placage violent.

— C'est vrai, admit-elle. Rappelle-moi pourquoi on est copines au juste ?

— Parce que je sais me servir d'une ponceuse et que je suis la seule prof de moins de trente ans ?

— Ton célibat est une énigme. Ces gamins vont finir par se faire mal, non ?

— Non. Quelques bleus tout au plus. J'ai déjà vu pire.

Nous échangeâmes un regard complice et, dans un élan de mimétisme, nous reprîmes une gorgée de nos cafés respectifs. Nous restâmes encore quelques instants à regarder les élèves se traîner dans la boue, grimaçant à chaque mauvaise chute.

— On va boire un verre ce soir ?

Céleste avait à cœur de me présenter ses amis. Quand j'avais évoqué avec elle mon enfance et mon adolescence solitaires, elle avait eu du mal à me croire.

— Aucun ami ? avait-elle répété, ahurie, le jour de notre rencontre.

— Aucun, non.

— Et relation ? Connaissance ? Voisin ? Collègue ? Je ne sais pas… Le facteur ? Tu dois bien avoir quelqu'un qui s'inquiète pour toi ?

— C'est ça ta définition de l'amitié ? avais-je plaisanté. Avoir quelqu'un qui s'inquiète pour moi ?

— Entre autres. Qui appelles-tu au milieu de la nuit en cas de problème ?

— Je dors au milieu de la nuit.

— Désormais, tu pourras m'appeler, avait-elle décrété en posant une main sur mon bras.

— On se connaît depuis moins de vingt-quatre heures !

— Il était temps, non ?

Depuis, elle se faisait une mission de me présenter ses amis et de m'intégrer à sa bande. Malgré ses efforts, je parvenais à rester à distance, me perdant volontiers dans mes pensées alors que tout le monde dansait et hurlait sur un vieux tube des années 1990.

— Allez, viens ! m'encouragea-t-elle. Je sais que tu plais à Grégoire. Vous pourriez peut-être… discuter. Ou prévoir une date pour aller dîner ?

Je lui lançai un regard agacé. Céleste était déterminée à en finir avec mon célibat et donc, particulièrement insistante concernant Grégoire. C'était son truc : jouer les cupidons sans jamais demander leur avis aux principaux intéressés. Elle se réfugia dans son mug de café, détournant le regard vers les collégiens en plein entraînement.

— Je vais y réfléchir, éludai-je.

— Et je vais faire comme si je te croyais, répondit Céleste, le regard pétillant.

— Valentine ?

Je pivotai vers la voix masculine derrière moi et me raidis, mal à l'aise, en croisant le regard froid et dur de Muller, le principal du collège.

— Un appel pour vous.

Sa voix sèche me tira un frisson. À croire que cet homme décuplait mon instinct de protection rien qu'en passant près de moi. Entre le costume vert-de-gris, la cravate trop serrée, son attitude sévère, ses sourires qui ressemblaient à des grimaces et son ton glacial qui me donnait la sensation d'être une enfant de cinq ans sur le point de se faire punir, il me faisait frissonner d'angoisse. Le visage fermé, il ajouta :

— C'est votre père.

Retrouvez parmi les titres d'Emily Blaine en poche

www.emilyblaine.com

Harper Collins
POCHE

Composé et édité par HarperCollins France.

Achevé d'imprimer en avril 2022.

CPI

FIRMIN-DIDOT

à Mesnil-sur-l'Estrée (Eure)

Dépôt légal : mai 2022.

Pour limiter l'empreinte environnementale de ses livres, HarperCollins France s'engage à n'utiliser que du papier fabriqué à partir de bois provenant de forêts gérées durablement et de manière responsable.

Imprimé en France